시 속에서의 저는 가장 나약하면서
솔직하고, 용감한 저입니다.
시를 쓴다는 것은 '나'를 읽는 과정입니다.
이 공간에서 저를 만나주셔서 감사합니다.

우리 종족의 특별한 잔인함

우리 종족의 특별한 잔인함

|

에밀리 정민 윤 지음
한유주 옮김

열림원

소녀들이 서로를 꼭 붙들었다. 누가 사는가,
누가 떠나는가, 누가 이 삶을 믿는가.
너와 나 다음 세상은 나아지기를.

인류가 가진 모든 구분에 대한
참혹한 조롱의 울부짖음

— 김혜순 (시인)

　에밀리 정민 윤의 『우리 종족의 특별한 잔인함』은 여
성의 첫 시집이 어떠할 수 있는지, 어떠해야 하는지를 우
리에게 훌륭하게 증거해준다. 여성 시인은 자신의 시적
원형인 파묻힌 여성의 목소리들을 환기하고, 그들의 말
을 받아쓰기하면서 출현하기 마련이다. 특히, 그 여성이
한국을 떠나 어떤 경계에서 살아갈 때 더 잘 보이는 것,
'그 누구도' 우리 고통의 '과거가 살아 있다는 사실'
을 기억하지 못할 때, 오히려 우리의 바깥에서 우리에게
살아 있는 것이 무엇인지 증거하고 대신 말하는 것이 이

시집엔 존재한다. 시인은 첫 번째로 유린당한 여성의 몸을 자신의 시적 원형으로 환기하고, 그녀들의 말을 받아 적는다.

에밀리 정민 윤의 이 시집은 이미 우리 한국 현대 여성들이 외면한 원형적 표상의 출현을 야기한다. 시간 속에 파묻어놓은 그 여자들의 비명 말이다. 여성이 처음 시를 쓰기 시작하면, 빙의된 자처럼 자신의 목소리에 겹쳐져 울리는 여성들의 목소리를 듣게 되는데, 그 목소리는 '검은 구멍'처럼 '마지막으로 숨을 쉬던 곳'에서 울려 나온다. 그 목소리와 함께 쓴 시는 여성 시인의 단말마이면서, 기존 언어 체계의 해체이며, 여성 공동체의 비명이 된다. 특히 제2부의 〈증언〉은 한국어로 먼저 채록되고, 영어로 작성 유포되었다가, 다시 우리에게 돌아와 현현되었다는 사실이 의미심장하다. 이렇게 쓰인 증언을 읽으며 우리는 증언 문학의 주체와 한국문학의 범주를 다시 사유해야 할 것 같다.

그 누가 '어떻게 살지 않았던 시간을 쓰지'라고 질문

한다면, 이 시인은 아마 그 시간대 속의 그녀들처럼 '나는 이것을 내게서 도려내고 싶었어', '나의 공포를 비우기 위한 언어가 필요해', '우리를 울부짖는 동물들로 오해해줘'라고 자신의 호출 인지 과정을 증명해줄지도 모르겠다. 그리하여 결국 에밀리 정민 윤의 여성 시는 '영원히 애도하는 저주를 받'은 '하얀 도자기' 같은 나라에 대한 질문이 되었으며, 모든 차별의 기표인 언어 전반에 대한 도전이 되었고, 인류가 가진 모든 구분에 대한 참혹한 조롱의 울부짖음이 되었다.

인간의 고통에 공명하면서
연대하게 하는 힘

— 이제니(시인)

에밀리 정민 윤의 시집 『우리 종족의 특별한 잔인함』
은 일본군 '위안부' 피해 여성의 목소리를 전면적으로
드러내고 있으나 아픈 역사 속 개별적인 여성의 상처와
고통을 넘어 오늘날 동시대 여성 모두가 일상적으로 직
면하는 차별과 폭력적 상황에 대해 질문하며 나아가 역
사와 사회를 바라보는 기존의 편견 가득한 관점들에
대해서도 숙고하게 한다.

일인칭 시점의 산문시 형태로 쓰인 이 시집은 유려하

고도 강인한 문체, 언어유희적 요소 등으로 인해 단순한 일상을 담은 평이한 서정시마저도 여러 겹의 층위로 읽게 된다. 특히나 시집에서 '위안부' 피해 할머니들의 목소리를 옮겨온 〈증언〉 부분은, 실제 증언 필사본과 다큐멘터리 자료를 바탕으로 쓰였으나 단순히 자료 그대로를 옮겨온 것이 아닌, 에밀리 정민 윤이 시인으로서의 윤리 의식과 언어적 사유를 통해 고통의 단어들을 재배열하고 낱낱의 목소리들에 구체적인 배경을 세공해 덧붙인 것으로 보다 더 깊은 울림을 준다.

고통을 써 내려가면서 스스로 고통의 입이 되려 하는 에밀리 정민 윤의 간곡한 태도는 보편적이고 추상적이라 여겨지는 타인의 고통에 공감하는 정도를 넘어, 바로 지금 이곳에서 나 자신의 몸과 마음으로 겪어내는 현재진행형의 두려움과 공포와 슬픔으로서, 감히 말할 수 없는 어떤 자리를 생생히 경험하게 한다. 그런 의미에서 에밀리 정민 윤이 펼쳐나가는 시적인 언어―형식은 고통의 발화를 위해 어쩔 수 없이 선택된, 선택될 수밖에 없었던 도저한 양식이라고 할 수 있겠다.

여성, 이민자, 동양인, 그리고 시인. 에밀리 정민 윤은 시간과 함께 흘러가며 사라지는 역사적 비극에, 그 소리 없는 울음에 끝없이 귀를 기울인다. 제 속에서 울려 나오는 저 자신의 목소리가 될 때까지. 고통을 견디고 살아남은 굳건한 목소리를 담담하고 용기 있게 써 내려감으로써 상처 이후의 회복을 꿈꾸게 하는 것. 그리하여 시간과 공간을 넘나드는 인간의 고통에 공명하면서 연대하게 하는 힘. 이것이야말로 에밀리 정민 윤의 시적 언어의 귀한 자리라 하겠다.

'찾은 시'를 통해 들여다본
우리 종족의 잔인함

시는 우리의 존재 방식을 억압하고 규정하는 언어에 대한 저항적 정신이자 형태로 나를 찾아왔다. 이러한 시의 기능 또는 목적은 내가 이 장르를 선택한(혹은 시가 나를 선택한) 근거이므로, 『우리 종족의 특별한 잔인함』을 쓰며 이 점을 자주 상기했다. 내가 생각하는 시의 의미와 이 책의 배경은 더 자세한 맥락을 통해 설명할 필요가 있다. 나는 1991년 한국에서 태어나 2002년 캐나다로 이민을 갔다. 그리고 2009년 필라델피아에 있는 펜실베이니아 대학교(이하 유펜)에 입학하여 지금까지 미국

에 사는 여성이다. 이 책은 미국 거주 한국계, 더 넓게는 동아시아계 이민자 여성의 관점으로, 그 구체적인 역사적, 개인적 경험에 대해, 그리고 미국의 사회문화적, 문학적 바탕에서 영어로 쓰였다. 구체적이라고 하더라도 이 맥락은 항상 변화하는 것이다. 외국에 사는 '한국인'의 정체성만 생각해도, 오늘날 한국의 세계적 위상은 2000년대와는 무척 달라서 내가 자라면서 겪어온 무지에서 비롯한 차별과 고정관념은 이미 구닥다리가 되었다. 그렇기 때문에 우리가 견고한 하나의 몸으로, 모음으로 존재한다고 하더라도 이 시들은 불완전하다. 많은 시간과 손을 거칠수록 이 시들의 뜻과 방향은 변화할 것이다. 그래서 이 책이 번역을 통해 새로운 언어와 맥락에서 재탄생한 것이 매우 감격스럽지만, 어떤 변화를 거칠지도 숨죽이고 지켜봐야 할 것 같은 마음이다.

내가 캐나다에 처음 발을 디뎠을 때, 나는 영어를 전혀 못 했다. 한국에서 나는 명랑하고 친구들과 놀기 좋아하는 아이였지만, 캐나다에서는 하우 아 유, 라는 질문에 교과서에서 배운 대로 파인, 땡큐, 앤 유, 밖에 하지

못하는, 항상 '파인'하고, 예의 바르지만 과묵한 아이였다. 하지만 겨우 만 10살이었기 때문에 금방 영어에 익숙해졌고, 원어민 행세를 할 수 있었다. 그러나 모르는 단어 발음을 실수하는 등 미끄러지고, 놀림 받을 때가 있었기 때문에 나는 내 언어에 대해 엄격하고 과민했고, 오랫동안 내가 조용한 사람인 줄 알았다. 11학년 때 들은 창작 수업은 나의 언어에 관한 생각을 완전히 바꿔놓았다. 나는 원래 소설 쓰는 것을 좋아했지만, 이 수업을 들으며 시의 세계에 빠져버렸다. 선생님은 테렌스 영이라는 이름의 열정적인 작가였는데, 주로 시를 쓰는 사람이었다. 나는 그 수업에서 시를 쓰고 공유하고 그분의 진지한 피드백을 받으면서, 처음으로 내 언어와 언어적 존재 방식을 유연하게 다룰 수 있었다. 시 안에서 내 영어는 '완벽'하지 않아도 됐고, 아무도 관심 없는 나의 한국적, 개인적 이야기를 매력적으로 표현할 수 있었다. 단어 선택 등 나의 결정 하나하나가 시의 전체적 분위기를 좌우하는 것을 알게 되면서, 여태껏 느껴보지 못했던 힘을 느꼈다. 시는 한마디로 나를 자유롭게 했다. 내 존재 방식은 내가 만들어가고 지휘할 수 있다는 것을 한

자 한 자 배웠기 때문이다.

그리고 2년 뒤, 유펜에 입학한 나는 영문학과 커뮤니케이션을 복수로 전공하며 형편없는 시들을 썼다. 전공수업으로 바쁘기도 했고, 연애에 빠져 당시 남자친구를 위해, 그의 마음에 들기 위한 시들을 썼기 때문이다. 그래도 나름 성실했고 졸업 직후 뉴욕 대학교에서 문예창작 석사를 시작할 수 있었다. 최승자 시인이 말하는 '생존 증명서'로서 시를 대하는 시인들을 대거 만나며 나는 적잖은 충격과 자극을 받았다. 내 인생과 세상을 보는 렌즈를 '시'로 정하면 어떤 일이 생기는가. 언어를 통해 내 시각을 넓히기 위해서는 어떤 과정을 거쳐야 하는가. 기존의 언어로 봐왔던 세계를 당기고 구기고 무너뜨리며 계속 질문해야 한다. 지금까지 나의 표현법과 내가 저항 없이 곧이곧대로 받아들이고 주목했던 '사실'들이 과연 그걸로 충분한지.

나는 뉴욕대에 만 22살부터 24살까지 있으면서 이 책에 담긴 거의 모든 시의 초안을 썼고, 만 27살이 된 2018

년 하퍼콜린스사에서 『A Cruelty Special to Our Species』라는 제목으로 책을 냈다. 일본군 성노예 피해자들에 대한 시들이 주축을 이루게 된 것은 처음부터 의도한 바가 아니었다. 완곡한 표현인 '위안부' 역사에 대해 잘 아는 사람이 미국에 많이 없다는 것을 알고, 피해자들의 목소리를 들려주기 위해 쓰기 시작한 뒤, 멈출 수 없게 된 것뿐이다. 물론 한국에서는 이 역사가 공동체 의식에 뿌리내리고 있으므로, 새로이 '알려줘야 할' 사람들은 없다고 봐야 할 것이다. 그렇기에 한국에서 이 책의 목적은 '알림'이 아닌 '지속시킴'이 된다. 이미 아는 역사라 할지라도 우리는 꾸준한 감정적, 담론적 참여를 통해 지금까지도 부정되고 삭제되는 존재들의 이야기를 기억해야 하며, 문학이 그 참여를 돕는다고 생각한다. 그들의 이야기는 '이미 지난', 혹은 '해결된' 문제가 아닌 그들이, 우리가 계속 항쟁하고 살아가는 현실이기 때문이다.

이 책에는 「증언들」이라는 연작시가 있는데, 한국에서는 생경한 유형인 'found poetry'의 범주에 넣을 수 있다. 말 그대로 '찾은 시'라는 뜻의 'found poetry'는 일반적

으로 시각 예술에서 자주 쓰이는 '콜라주'와 비슷하게, 존재하는 텍스트를 부분적으로 이용해 새로운 형태나 내용의 시를 만드는 기법이다. 아메리칸 대학교 Center for Media & Social Impact에서 제공하는 미국 저작권 혹은 시 전문가들이 작성한 가이드에 의하면, 저작물의 '정당한 사용' 여부는 크게 '변형적 사용'에 의거한 두 가지 질문에 의해 대답을 얻을 수 있다. 1. 새로운 용도를 목적으로 저작물을 사용, 변형시켰는가(아니면 단순 복제하여 같은 가치와 용도로 썼는가)? 2. 저작물의 성격과 용도를 고려하여, 사용한 내용의 양과 종류가 적절한가? 괄호 안 내용을 배제하고 이 두 질문에 "예"라고 대답할 수 있다면, 정당한 사용 원칙을 따른 것이다.

「증언들」에는 일곱 구의 시가 있으며, 각 시는 실제 '위안부' 여성들의 증언을 이야기한다. 「증언들」을 쓰기 위해 주로 Sangmie Choi Schellstede의 『Comfort Women Speak: Testimony by Sex Slaves of the Japanese Military』 (Holmes & Meier, 2000)에 번역, 기록된 증언 텍스트를 사용했고, 그 외 Keith Howard의 『True Stories of the Korean

Comfort Women』(Cassell, 1996)과 Dai Sil Kim-Gibson의 『Silence Broken: Korean Comfort Women』(Mid-Prairie Books, 1999)도 사용했다. 일곱 분의 성함은 각각 황금주, 진경팽, 강덕경, 김상희, 김윤심, 박경순(가명), 김순덕이며, 모든 증언은 1996년에 증언하셨던 故 김윤심 선생님의 것을 제외하고 1994년에 녹음된 것들이다. (가명을 쓰신 박경순 선생님은 살아계신지 알 수 없지만 나머지 분들은 별세하셨다.) 내가 증언들을 직접 녹음, 번역, 기록하지 않았으며, 증언 텍스트를 단순 복제하지 않고, 내용과 언어를 선택적으로 추출하여 재배열하고 내 언어도 소량 추가하여 시라는 형태로 변형시켰음을 분명히 하고 싶다. 사용된 내용의 양에 대한 한 예로, Choi Schellstede의 책에 기록된 故 진경팽 선생님의 증언은 영어로 882자고, 본고의 해당 시는 영어로 169자다. 그 외, 시 「나를 만지지 마라」의 일부는 1951년 Bantam Books에서 출판된 MacKinlay Kantor작 『Don't Touch Me』라는 장편소설 속 일본 여성에 대한 인종차별주의적 묘사를 풍자적으로 부분 사용하였고, 「기록」의 일부는 2015년 한일 '위안부' 합의문 내용을 부분 사용하고, 《월 스트리트 저

널》의 합의 관련 기사에 달린 인터넷 댓글, 합의 직후 외교부 임성남 차관에게 이용수 선생님께서 하신 직언을 바탕으로 시를 썼음을 밝힌다.

이 책의 심장부에는 일본군 성노예 피해자들의 이야기가 자리 잡고 있지만, 이 책은 앞서 언급했던 '나'의 지리적, 문화적, 개인적, 그리고 언어적으로 특수한 맥락과 현대적 경험에 대한 시들을 포함하며, 넓게는 유해한 남성성, 군국주의, 제국주의, 전쟁, 인종차별, 언어에 의한 고통을 주제로 다루고 있다. 이러한 폭력들은 지금도 전 세계적으로 이어져 나타나고 항시 새로운 형태로 재탄생하고 있으며, 그에 대한 비판적 시선은 언제나 필요하다. 마지막으로, 숨겨져 있는 것 같지만 이 책은 사랑에 관한 것이기도 하다. 대학 시절 썼던 형편없고 유치한 사랑 시들이 길을 만들어줬기에, 나는 여태까지도 우리의 복잡하고 잔인한 인간성과 세상 속에서 사랑을 하고 그것을 시를 통해 노래한다. 꼭 '연애 감정'의, 낭만적 사랑이 아닐지라도.

목차

일러두기

1. 「증언들」과 「뉴스」는 각각 흩어지는 무늬와 배 모양을 그리고자 했던 작가의 의도를 살려 세로로 배치했다. 특히 「증언들」의 빈 공간은 작가가 선택적으로 생략한 단어이며, 역사 혹은 당사자들에게서 삭제된 기억을 의미하기도 한다.

2. 「증언들-김상희」(52쪽)는 원문의 'her(일본을 지칭)'를 작가의 요청에 따라 '그녀'가 아닌 '그'로 옮겼다.

3. 동일한 제목을 지닌 여러 편의 시 「일상의 불운」은 일상 속 빈번한 여러 종류의 폭력을 담고자 저마다 다른 내용의 시지만 같은 제목을 붙인 저자의 의도가 담겨 있다.

4. 본문 속 회색은 시에 따라 목적이 달라지며, 인용구를 표현, 강조하거나, 혹은 원서를 번역하는 과정에서 이탤릭체를 한국어로 음역한 부분을 표기한 것이다.

—

고
발

일상의 불운

내 불운이란 터질 듯 들어찬 전차. 너무 약한 칵테일. 바에서 한 미국 남성이 하는 말: 미국이 없었다면 한국에서의 네 삶이 완전히 달라졌겠지. 의미: 고마워해라. 캐나다 여자 친구가 던지는 질문: 너희가 그냥 잘 지내면 안 돼? 너희: 일본과 한국. 의미: 넘어가라. 나는 어떻게 대답해야 할까? 넘어가라, 넘어가라, 넘어가라, 기차에 탄 소녀들. 목적지: 위안소. 한 군인이 할 수 있는 일들: 다른 군인이 끝내기 전에 당신을 올라타기. 말하자면, 인간의 피로 끓인 이 국을 마셔라. 말하자면, 조선 인종은 이 지구에서 지워져야 한다. 위를 아래로. 아래를 위로. 지워진 것들: 당신의 이름, 당신의 아이, 당신의 역사. 당신의 새 이름: 후미코, 하나코, 요시코. 장전된 콘돔의 이름: 돌격 1번. 주사명: 606호. 살바르산은 치료에 사용되는 비소를 의미한다. 29대 1: 소녀 한 명에 군인 29명. 실제 집계: 유실. 유실: 전부. 발사, 발사, 발사, 모두. 감사 기도를 드려라.

위안

수요일에, 나는 플레인 요거트를 먹었다.
 공책을 펼쳤다. 빨래를 개는 동안
비발디.

그의 생일이었다. 수요일에,
 비가 내렸다. 다육식물들 위로,
살아남은 여자들 위로.

속거나 납치당해서, 일본군에게 끌려갔다.
 콘돔에 적혀 있는 건, 돌격 1번.
헹궈서 재사용. 수요일마다,

나는 사계를 들었다.
 비가 그쳤다. 비는 그치는 법이
없었다. 수요일에, 비가 내린다

그들이 품었던 아이들을 위해. 그들이 품을 수
　　없었던 아이들을 위해. 그들이었던
아이들을 위해. 그들에게 이날을 주어라. 그들에게

비발디를, 바이올린을, 그들에게 소녀 합창단을 주어라.
　　겨울, 오고 갔다. 네 계절이 전부,
오고 갔다. 수요일에,

아무 일도 없었다. 비가 증발했고,
　　협주곡들도 그랬지.
오래전 수요일들에, 여자들이,

소녀들이 서로를 꼭 붙들었다. 누가 사는가,
　　누가 떠나는가, 누가 이 삶을 믿는가.
너와 나 다음 세상은 나아지기를.

일상의 불운

무엇이 누르지. 무엇이 눌렸지. 혹은 누가. 내 할머니가.
한 여자가. 한 십 대가. 그녀의 아버지가 눌러서 문을 닫
아. 그녀를 상자에 밀어 넣어. 상자가 창고로 들어가. 그
녀는 아침에 몸을 일으켜. 가슴을 동여매. 그녀는 여자처
럼 보이지 않게 걸어. 미군이 그녀를 보고는 거기 멈춰!
하고 일본어로 외쳐. 그들 둘 다 배운 언어로. 달려가는
그녀는 누가 봐도 여자야. 그녀가 넘어져. 그가 웃어. 빼
앗긴 나라에서 몸이란 무엇일까. 혹은 누구의 것일까. 전
쟁 중에는 무엇이 옳을까. 전쟁 중에는 무엇이 떠날까.
전쟁은 한국을 떠나지 않았어. 나는 떠났지. 나는 웅크
려. 나를 포기해, 나를 너희에게. 너희 중 누군가 내게 말
했지, 한국식으로 더럽게 섹스해볼까. 너희 중 누구는
그리 말하지 않았지. 너희는 내게 미국을 대표하는가.
그 군인들은 그녀에게 미국을 대표했나. 전쟁이 두려웠
겠나. 동맹군이 무서웠지. 그녀가 말했다.

어이 거기 예쁜장한 아가씨

거리의 드러머가

한국어로 외쳐

의심할 바 없는

칭찬이자

빨간 리본으로 동여맨

유쾌한 놀라움이지

크리스마스 당일을 위해

엄선된 극장들은 우리에게

〈인터뷰〉를 선물할 거야

그 코미디에서

미국 기자 두 사람은

김정은의 얼굴에 불을 붙이며

자유가 승리했다

출연 배우 세스 로건은

해방에 대해 말하지

일본 제국으로부터

조선이 해방되던 때

같은 생각을 한 이들이 있었지

하지만 직후 한국전쟁이

발발했고 전쟁과 비교하면

영화 한 편이 뭐 그리 나쁘겠어

어쨌거나 전쟁조차 재미있을 수 있나 봐

그리고 이제 뉴욕의

드러머가 말하지

당신의 미소는

마을 전체를

환히 밝힐 수도 있겠어요

마치 나는 불꽃이 자상을 입히듯

태양 없는 하늘로

땅거미 진 물구덩이를 전하며

불길이 치솟는 북한이 된

마을과 도시들을

생각하며 웃고 있지 않지만

그의 자유

표현의 자유는 승리하지

자유는 늘 승리하지

그래서 우리는 보러 가는 거야

두 미국인이

한인의 얼굴에 불을 붙이는 걸

크리스마스에

팝콘과

초콜릿 바를 들고

그리고 독재자가

팝송에 맞추어

폭발할 때

웃음을 터뜨리지 미국

군인들이

전쟁 중 굶주려서

헬로 헬로

기부 미 쪼꼬레또

거듭 외치는

한국 어린이들을 보고

웃었던 것처럼

어느 얼굴을

밝혀줄까

고르면서

웃었던 것처럼

일상의 불운

나무의 문제는 그 몸통과 가지가 지나치게 능하다는 거지, 불타는 데, 사는 데living 능하고, 나뭇잎들leaves에 능하고, 떠나는 데leaving 능하고, 숯, 재에 능하고, 우리는 우리에게 힘이 있다고 생각하지. 능하다Capable, 1561, '수용적인'을 뜻하는 후기 라틴어 카파빌리스capabilis에서 기원했지, 일본 제국의 731부대는 우리에게 원숭이 피를 주사했고, 우리의 사지는 수용적이지 않았지, 능하다Capable, 신학자들이 쓰던, '많이 담을 수 있다'는 뜻의 라틴어 카파스capax에서 기원했지, 우리의 살아 있는 몸과 추출된 어린이들은, 담을 수 없고, 능하지capable 않지, '취하다, 쥐다, 손에 넣다, 잡다, 맡다, 충분히 수용 가능, 이해하다'는 카페레capere, 어떻게 취할 수 있나, 어떻게 쥐고 이해할 수 있나, 우리 사지는 불붙고, 취해지고, 우리 몸은 충분히 수용 가능하지 않고, 능하다Capable, 산스크리트어로 카파티kapati는 '두 줌', 두 줌의 내장, 그것은 능한

가Capable, 그리스어로 캅테인kaptein은 '삼키다, 꿀꺽하다', 알약들을, 가스를, 무엇을 더, 능하다Capable, 라트비아어로 캄피우kampiu는 '잡다', 우리의 나긋나긋한 몸을, 우리의 몸을 저며라, 그들의 구멍에 포착되지 않은 우리의 눈을, 능하다Capable, 사지들, 불타는 데, 재에, 숯에 능하다Capable, 고대 아일랜드어로 카프트cacht는 '어린 하녀', 그녀의 나팔관, 잘리고, 살아 있는, 능하지 않은, 살아 있는 데, 떠나는 데, 웨일스어로 캐스caeth는 '포로, 노예', 능하다Capable, 우리 이름은, 마루타, 일본어로, '통나무'.

일상의 불운

그녀는 소녀. 그녀는 자갈. 그녀가 잡혔다. 그녀가 자갈 한 줌처럼 잡혔다. 물에 갈린 자갈. 그녀의 마을은 온통 자갈밭이다. 1950년이다. 그녀는 소녀. 그녀가 잡혔다. 나의 할머니도 소녀이지만, 잡힌 그녀가 할머니는 아니다. 할머니의 아버지가 문을 닫는다. 미군들에 맞서지만, 그들이 돌담들을 뛰어넘는다. 내 할머니가 아닌 소녀를 향해. 그 소녀는 잡힌 자갈이다. 그녀의 언어는 아무것도 의미하지 않기에 자갈이다. 소녀 한 줌. 땅이 자갈투성이다. 한국은 자갈이고 무덤이다. 소녀는 소녀이고 할머니가 되는 일은 없을 것이다. 그녀는 소녀일 것이다, 소녀는 자갈이고 역사는 물 위로 던져진 돌멩이처럼 그녀를 건너뛸 것이다. 오 소녀여, 오 영광이여, 소녀여.

증언

증언들
황금주

소녀들에게 날아드는 소집 통지, 누가 갈 거였지? 다들
우는데. 내가 갔다. 멋지게 차려입고 갔어

기차 타료 종이를 씌운 창문들

소녀들은 누구도 몰랐어

광막한 만주 벌판의 말 탄 일본 군인들을

이제 잠들기에는 너무 추웠어

우리 체온에 감사하고, 해가 떴고

그들이 나를 공장으로 보내기만 기다렸다

그들이 나를 여기다 팽개칠 리가 없다고

그들은 나를 나가기 하루코라고 불렀어

나는 그때까지도 머리를 길게 땋고 있었지

한 장교가 말하길 내가 다섯 가지 명령에 복종해야 한다고 했어

하나라도 어긴다면 차라리 죽는 게 나을 거라고

나는 명령 하나가 공장에서 일하라는 것이기를 빌었지

나는 그의 체킷을 보았어 안뜰이 뒤집혀 이름이 가려져 있었지

나는 장교의 칼을, 그녀의 땋은 머리를 보았어 그가 말했어

내가 공장에 갈 일은 없을 거라고

웃음 벗으라고 내가 말했다

명령을 이해하지 못하겠다고

그게 어떤 공장인지 모르겠다고 그러자 그가 웃었다

소녀들이 도착했고 아팠고 임신했고 수많은 주사약을

맛있고 이름 없는 짐승들이

우리를 잡아뭉갠 채 폭발했고

해방의 날 갑자기

말 울음소리가 들리지 않았고 부의에 선

최후의 군인이 내 나라는 해방되었는데

내 나라는 불타고 있구나.

그래서 나는 병영을 나와 걸었다

38선까지 내내 혈혈단신으로 걸었다

미군들이 내게 DDT를 너무 많이 뿌렸고

이가 전부 떨어져 나갔지

12월 2일이었다

나는 자궁을 잃었고

이제 임흔이다.

진 정 광

어머니와 목화를 따고 있는데
일본 헌병 둘이 지나갔다

어머니가 나더러 바짝 엎드리라고 했지만

그들이 나를 발견했고

어머니를 발로 찼고

나를 배에 태웠다 그다음에는 더 큰 배에

배가 대만 카나리아마 근처에 도착했고

그곳에는 원숭이와 뱀이 많았다

감자도, 고구마도, 토란도

이들 군인에게는 천 명의 여자도 충분하지 않았다

나는 몇 사람을 기억해 가네모토 히데오

그는 우리를 그럭저럭 대했고 또

오노 나가무라, 요시다 간지로

야마구치 히가시 이나모지

나는 내내 그들과 지냈다 전쟁이

끝날 때까지 8월의 어느 날

군인들이 모여 흐느꼈어

3월에 우리는 배를 타고 부산으로 갔다

어느 미군이 내게 사탕 한 봉지와 천 원을 주었고

우리는 쌀을 샀다

괜찮은 끼니를

나는 열네 살에서 열아홉 살이 될 때까지 '위안부'였고

나는 열이 났고　나는 불임이 되었고

나는 내 죽은 남편의　아이들을 기억한다

나는 괜찮았던 까닭를 기억한다　나는 혼자다

나는 합친　집에서 이방인처럼 보였다　살갗이 거무스름해져 있었지

　내 어머니는 당신이 꿈꾸고 있다고 생각하셨지

강덕경

학교 선생님이 내게 물었다 일본에
 가고 싶으냐고 천황을 위한 좋은 일을 하러 가겠느냐고

우리는 항구로 가게 되었다

도야마키 공장으로 가는
 화물선 기차 그곳에는

먹을 것이 너무나 부족했어 우리는 풀을, 뿌리를, 먹을 수 있다면 무엇이건 뽑았다

소녀들이 굶주리다 죽어갔고 미친 이들도 있었다

나는 도망쳤고 일본 군인에게 발견되었다

 고바야시가

 나를

헛간으로 데려갔다 매일 밤

군인들이

셀 수 없이 많은 군인이 거친 손바닥에서

고마야시가

뱀상스레 고요했던 어느 날

나는 일본이 전쟁에서 패했다는 걸 알았다

나는 배를 타고 조선으로 가서

궤짝에서 뛰어내렸고 주먹으로 배를 패렸느데

실패했다 그 애를 엎주라고 이름 지었지

고아원에 맡겨두고

일요일마다 그 애를 만났다

어느 일요일에

다른 남자아이가 그 애 옷을 입은 걸 보았다

영주는 폐렴으로 죽었어요

　　　벌써 묻었어요

취해서 인사불성이 된 고바야시가 나한테 쌀을　　나는 공장에서 가져왔던

가져왔던 기억이 났다

쳘 조가을　떼울 젰다

아주 매력적인 철틀을　나는 제법 찾아냈었다.

나는 아직도 믿는다　그가 살아 있다고

어디에선가　나는 믿고 싶다

전부 그저 끔찍한 운명에 불과했다고

하기사

　　　아니 그렇지만

.

김 상 희

나는 열네 살이었다 11월 26일 즈음이었고

눈이 내렸다고 기억한다. 사진관에서

내 사진을 찾고 나와 집으로 가는데 칙칙한 쑥색 옷을 입은 남자가

내 옷깃을 붙들었다 일본말로 욕하면서 그가 일본 사람이었는지

조선인이었는지 모르겠어

나는 떼밀려 트럭에 올랐고 흐느끼며 우는 소리가 구슬펐고

그 소녀들과 나는 국경을 넘어 중국으로 갔다

독약은 없었어 밧줄도 없었다

쑤저우에서 나는 4층이었고 나는 다케다 사나이였다

첫 번째 밤 한 장교가 나를 불렀었고

나는 소독약을 마셨는데

죽지 않았다

난징에서 말라리아에 걸렸고

맹장염에 걸렸고 자궁에 출혈이 있었지만

죽지 않았다

싱가포르에서 배수로를 파고 있던 거무스름한 피부의 남자들을 보았고

그들은 우리를 보았어 금방이라도 울음이 터질 듯한 얼굴로

싱가포르에서 전쟁이 끝났고

우리는 나뭇잎과 잡초를 삶았다

삶았고 그걸 먹었어

가까스로 부산항에 도착해서

대구 오빠 집으로 갔다

오빠의 꿈속에서 나는 머리를 믿고 바다에 빠져 죽어가고 있었지만

죽지 않았다

내 이름은 김상희

1920년 12월 20일 출생

나는 좋은 가정에서 태어났고

가톨릭 신자다

잊고 용서해야겠지만 그럴 수 없다

고개가 일본 쪽을 향할 때마다 나는 그를 저주한다

위안을 구하고 싶지만 그럴 수 없다

매일 아침 눈을 뜰 때마다 그럴 수가 없다

54

김 인 심

56

자동차가 길 위로 달려왔다, 전에는 본 적도 없는

물건이었지. 기사가 나를 태웠고 트럭이 굴러갔다

그러고는 계속 갔고

계속 갔고 나는 그들에게 빌었어

돌아가자고 하지만 나는 던져졌어

화물열차에 화물선에 하역빈에

위안소로 군인들이 탄

트럭 세 대가 도착했다 그들 모두가 한 사람씩

밤새도록 강간했다 말없이 주접한 몸으로

그들은 소녀들을 임신시켰고 그래도 섹스를 강요했다

아이가 태어나자

청색 제복을 입은 여자가 그 몸을 자루에

넣었고 어딘가로 가져갔다

군인들은 그 '자루', 사루를 썼다

재사용된 포돔을 소녀들이 아팠고

한 애가 많이 아프게 되자

보조가 그 애의 몸을 담요로

싸서 어딘가로 가져갔다

우리는 그렇게 살았다

내 손가락을 봐

도망쳤을 때 경찰이 내 손을 짓눌렀다

손가락 사이로 단단한 펜을 끼워 넣어서

이렇게.

한 해가 흘러갔다

이렇게.

1945년 6월

별똥이 싹 비워진 것 같았을 때

나는 탈출해서 달렸다 밤새도록

한 달 후 조선 해안선에 닿았다

하얼빈의 개울가에서

산 제로 매장된

아팠던 소녀의 손을 보았다.

내 꿈속에서 그 애는 아직도

더 넓은 물을 향해 나아가고 있어

내 두 손으로는　　뒤틀린 손가락들로는

그 애를 도와주지 못해

박 정 순

마흔다섯쯤 되었을 꽃수염을 기른 남자가

나더러 일본으로 일하러 가라고 말했다

히로시마에서 오빠도 만나라고

그가 말했다 내가 거절하면 부모 남께 좋을 게 없을 거라고

그 남자와 부하들이 나를 시모노세키로 데려갔다

나는 어떤 방으로 끌려갔다 목욕을 하라고 했다 옷을 벗으라고

했다

나는 그저 오빠를 만나게 해달라고 빌었어

마침내 그들이 나를 히로시마로 데려갔을 때, 오빠는 커다란 빈방에

혼자 있었지 오빠는 물었어 내가

'위안부'로 왔느냐고 그리고 나는 약속했어

다시 오빠를 보러

오겠다고

꽃망울이 비칠 무렵

나는 오사카로 실려 갔고 거기 방에서

나는 10호였고 거기서 나는

'위안부'였다

나는 병들었고 매독으로 걸음 수조차 없었다

어느 밤 한 장교가 오더니 준비하라고 말했다

나는 무시무시하게 아팠고 그다음 기억은

서울에 도착했던 것 1945년 6월이었다

곧바로 나는 유산했다

꽃수염을 기른 남자가 내가 돌아왔다는 걸 알고는

나더러 '위안소'로 돌아가라고 했다

나는 소집영장을 피하려고 결혼했고

우리의 새로운 삶 셋방

매주 맞던 '606호' 주사 냄새가 나는 것만 같았다.

매독 치료용 비소화합물

내 아기의 귀에서 고름이 흘러내렸고

미쳤다고들 했다

오빠가 집으로 돌아왔다 방사능으로

온몸이 타고 혹이 생긴 채로

산산조각 난 뼈가 흘러내렸다

이빨의 크기 오빠의 상처 가까이

일본 군인들이 흘러내렸다

밤마다 흘러댔다

올림보듬

김 순 덕

'소녀 배달'이라는 게 있었지 마치

농부가 농사지은 쌀을

팔아에

갓다 바쳤던 것처럼 나는 숨고 싶었지만

어머니가 나 대신 잡히면

어쩌지

집에는 어머니가 필요한데 어머니

어머니 나는 가기로 했어요

자들이 내게 일본에서 중국 간호사로 일하게 해주겠다고 약속했어요

어머니 한 사내가 우리들 군청 근처에 집결시켰지요

그리고 우리를 부산으로 나가자키로 데려갔어요

그날 밤 내 옆에 있던 여자애 하나가 자리잡고
그들은 밤마다 장교들에게 처녀에 몇몇을 보냈어요
한 장교가 내게 와서 말했어요
어린 여자에 모두 상면서 섹스를 경험한다고
그러나 나도 해 보는 게 어떻겠냐고

그들은 우리를 데려갔어요 그들은 우리를 상하이로 폐허가 된 마을로 데려갔어요
내 몸은 폐허가 된 마을 훼손된 집
감독관이 내게 검은 가루 봉지들을 주었어요
집내 출혈을 줄여준다면서
그리고는 이렇게 말했어요 그 가루는
중국 군인 시체에서

다리를 떼어 만든 거라고

나는 인간의 다리들이 꿈틀대나는 꿈을 꿔요 오늘까지

나는 비명을 지르며 깨어나고 어머니 이즈미

그는 내게 친절했어요 나는 그에게 자실 생각을 말했고

그는 놀랐어요 너무 놀라서

그는 나를 집으로 보냈고 내게 편지들을 보냈어요

나는 답장하지 않았죠 나는 새 삶을 살아야 했어요.

세탁부로, 거리 행상으로 그리고 다른 일들도 했습니다

하지만 어머니 가장 고된 시간은 꿈꾸고 있을 때였어요

자살을

욕구를 채우려는 군인들이 한 줄로 서 있는 동안

폐허가 된 마을에서

그 다리는 어디로도 갈 수 없었죠

꿈에 다리가 나올 때

———
고
백

일상의 불운

칼 유령들이 떠도는 사냥터. 두들겨 맞아 쓰린. 시달렸던 내 몸. 전에 '위안부'였던 여자는 일본인들을 증오하리라고 생각하겠지. 나는 그렇지 않아. 나는 남자들이 싫고 섹스가 싫다. 나는 이 집에 사는 사위가 눈에 띄는 게 싫어. 나는 강탈당한 집에서 살아왔어. 내 방은 아이들에게 적합하지 않게 되었지. 아이를 어떻게 귀신 들린 집에 들이밀 수 있겠어. 이 흐느낌과 핏속에서는 무엇도 자랄 수 없다. 내 남편은 어디선가 연인들을 찾았지. 나는 어디선가 내 딸들을 찾았어. 나는 아무도 점거하지 않은 집을 갈망하며 그들을 사랑해. 그들은 가끔 갈라진 벽 틈에 손을 집어넣고 말하지, 왜 그래? 왜 그래요? 문이란 문은 죄다 닫혔다. 칠십 년 그리고 아무도 모른다. 아무도 내 과거가 살아 있다는 걸 몰라. 위안소의 소녀들, 그때 우리는 모두 아이들이었어.

페티시

한국 농담 하나를 해볼까

한 여자가 애도를 표하는 하얀 상복 차림으로

초상집에 가. 그녀는 몇 시간이고 곡하고, 이렇게 묻
는다,

그런데 누가 죽었죠? 나는 생각해 이 여자를

그리고 그녀가 슬픔을 표현하는 행위를. 본질적인 슬
픔을.

식민지 시기에 일본 역사가들은 확신했어

한국의 하얀 도자기와 옷들은 가없는

슬픔을 보여준다고. 색의 빈곤함을, 기쁨을 품을 수
없음을—

무수한 외침外侵으로 사람들은 허하고

공허해졌고, 영원히 애도하는 저주를 받았다고.

그 역사가들은 반도인들에 대한 유감을

그들의 티 하나 없는 꽃병이 지닌 사랑스러운 순수함
을 말했어.

하지만 저 농담이 재미있다면 그건 아마도

여자에게 아무런 슬픔도 없기 때문이겠지. 아마도 그
녀는

곡비일지도 모르지. 직업으로 곡하는 사람을 뜻하지
만

어쩐지 과학자처럼 들리는 단어로군. 아마도 그녀는
둘 다일지도 모르지. 연구 분야는, 슬픔.

철쭉Royal Azalea

친구여. 당신은 내가 내

누이와, 사촌과 다 같다고 생각하겠지. 친구여.

당신은 뽑고 싶겠지 내

창자를. 내 근원을 소화하고 나를

이로 잘근거리고 싶겠지.

하지만 나는 산만큼 무수하지.

형광, 꽃차례.

적외선: 우리의 산들.

진달래azalea 옆 나를 발견하라. 나를 진달래로

혼동하라.

내가 개화하는 자리에서 별자리들을 발견하라.

내 표피의

로열 플러시: 네가 찾은 것은

나의 밀선표기蜜腺表記.

내 휘장 밑으로 나를

만져라, 나는 끈끈하고.

나를 맛보라, 나는 달콤하고. 너는 모르겠지 혀에

독이 묻었다는 것을,

 이제는 네 창자에도.

나를 만지지 마라

매킨리 캔터가 1951년 발표한 소설은 야만적이게
노골적이다! 일본의 공군과 그들의 아내들이
전선으로 차출되었다. 아내들은 탐욕스럽다. 남자에
굶주렸다. 노래하는 기녀들은 쿰바와의 이국적인
정원에 앉아 있다, 한국전쟁의 이국적인 여파.

*

곤니치와, 거리 행상이 노래하는 목소리로 나를 꾄다.
뭐지, 이번에는 니 하오가 아닌데?
내가 좀 더 거침없는 사람이었다면 말했을지도 모른다.
나는 일본인이었을 수도 있지.
이국적인 여파.

*

매킨리 씨, 당신의 언어를 빌려보죠: 나는 정원일 수도

있다. 남성을 기다리는. 남성이 거의 찾지 않는.
가느다란 목소리로 노래하는, 옷단 밑으로 레이스를
조금 내비치는, 근사하고 여성적인 것들. 남성이 데리고
다니고, 이리저리 팽개치는. 용기用器인.

그것은 동굴 속으로 들어간다. 아마도 과거로.
오, 나는 아시아 냄새를 맡을 수 있어. 게이샤—
계획대로. 나는 수평적일 것이다. 작은 것들, 예쁜 것들,
희귀한 찻잔들이 놓인 금빛 선반들, 조각 무늬를
새긴 커피 테이블. 맛보게 될 새롭고 신선한 향신료.
만지고 맛보라. 과일과 꽃들. 향신료와 향. 나의 이상한
내세의 몸이 발산하는, 내가 걸친 직물 틈의 탁한 숨.
나는 이것일지도 모른다. 탐욕스럽고 남자에 굶주린.
나를 정복한 이들이 부르는 노래.
야만적인.

*

쿰바와, 스야나타? 매킨리 씨,

틀리게 말했잖아요. 곤니치와, 겠죠.

아, 소데스카. 당신이 말한다.

*

남자여, '일본인들'이 실행했던 그대로 섹스를 탐험하

고 싶겠지. 아시아 냄새가 나는 것 같아. 향신료와 향.

너희는 생각해, 비단결처럼 위협적인 당신 손길을,

노력하는 가쁜 숨결의 폭력을, 만족감에서 오는 떨림을,

폭발하며 고통스러워하는 너희의 목구멍에서

으르렁대는 주문을 내가 알아야만 한다고.

그렇지 않으면, 나는 불완전하다고. 너희가 없으면,

나는 불완전하다고 생각하겠지. 정복자.

데리고 다니는 자. 팽개치는 자.

*

매킨리 씨, 저 행상에게 똑바로 말해요: 당신의 몸을
'일본인 여성'의 몸과 섞으면서, 살에 닿는 살, 액에 닿는 액,
당신은 자신을 스스로 더럽힙니다. 이 종족! 날생선, 오염된
절임. 노동자들, 손짓하는 장사치들, 측은한 노인네들,
혹이 난 깡마른 남자들과 여자들. 궁색한 머리털이
공포로 쭈뼛했다. 아시아 냄새가 나는 것 같아.
남자여, 내 종족은 대나무와 또 다른
억새에서 배어 나왔단다. 동굴로 돌아가지.

*

한 남자가 바늘에 실을 가져가고, 한 여자가 실에
바늘을 가져간다. 여기에는 뭔가 남근적인 게 있을 거야.
좋아요, 매킨리 씨. 내가 이국적인 바늘 정원이었다면.
나를 만지게 해줄 텐데.

*

나는 한 여성이 정직할 수 있는 만큼 정직합니다.

종 이론

영어가 서투르다며 비웃음을 샀을 때, 나는 목을 만져보았다.

귀가 해year라고 말할 때 목은 귀ear라고 말했고 해가 가고 또 가고

나는 새로운 것을 잘못 발음했고 다른 목들은 웃어댔다.

엘리베이터. 라이브러리. 그들 입 속에서 진동하는 종들.

진달래azalea를 어떻게 말하지. 개나리forsythia를 어떻게 말할까.

대신 금색 종golden bells이라고 말해야지. 영어가 제2 언어라고 말해야지. 프랑스어 수업시간에

성이 크링인 한 남자아이가 나를 벨belle이라고 불렀다.

잘못 발음하면서, 나를 한국 이름으로 불렀다.

크게 불렀고, 나의 이질성이 시선을 끌었다.

(나는 목 안에서 움직이는 구체를 만져보았다. 가라앉는 반구체.)

금빛 종들이 빽빽한 들판 너머에서 나를 불렀다.

나는 달리고 싶었고 동시에 사랑받고 싶었다. 크링에게.

사람들에게 빙 둘러싸여 있는 것처럼. 어딜 가니? 우리는 너와 함께 웃고 있어.

우리 목 안에서 웃음을 울리는 종은 목젖uvula이라 불린다. 포도를 뜻하는 우바uva에서 유래.

어떤 이론: 우리 종은 특별하게도, 발화할 때 꼭 이 포도—종이 작동해야 한다.

우리를 동물과 구별하는 것. 크링이 나를 보고는 말했다.

그냥 궁금해서 그러는데, 너는 개를 먹어? 그리고 나

는 내 조그만 생을 마치고 싶었다.

북아메리카에서 골든 리트리버로 다시 태어나기를.

금빛 종들이 빽빽한 들판에 누워 있기를, 사랑받기를.

오늘, 외국 아이보다 개들을 소중하게 여기는

나라에서, 오리건주 상원의원 후보가 난민들을

거부했다. 말하자면, 오래전에, 베트남 난민들이 개를

먹었다고,

다른 이들의 동물을 거두었다고. 포도를 거둘 때처럼

거두었다고.

들판에서 금빛 벼를 거두듯이 거두었다고. 쌀이 주식

인 나라

사람들이 그러하듯이. 개를 먹는 나라의 사람들이 그

러하듯이.

오래전, 1923년 일본에서는, 주고엔 고짓센이라는 말
이 한국인들을

구별하는 데 사용되었다. 15엔 50센 발음해봐. 관동
대지진의 혼란을 틈타 식민지 사람들이 물에 독을 풀고
불을 질렀다고: 우리 종족의 특별한

　　잔인함

우리 종족의 특별한 잔인함―주고를 어떻게 말하지,
고짓을 어떻게 말하지.

주고는 한국말로 죽어와 얼마나 닮았는지, 고짓은
거짓과 얼마나 비슷하게 들리는지―

거짓lie, 거짓말lie, 도서관library, 진달래azalea, 도서관library.

나는 도서관에 가고 있어, 나는 거짓을 말했다, 오래
전에, 개나리가 빽빽한 들판에 드러누워.

아메리칸 드림

너의 팔 벽감은

내가 가장 좋아하는 공간이 되었어

잠을 잘 때, 하지만 요새는

악몽을 꾸다 깨고는 해. 천둥 번개도

널 못 깨울 거다, 어머니가 말씀하셨지

전화 너머에서. 나는 어머니에게 말하고 싶었어

백인 남자를 만나고 있다고, 미국

남자라고, 하지만 벌써 선명하게 그려졌지:

그래, 친구들은 사귈 수 있지. 어머니는 나더러

서양 사람이 되라고 한 적이 없으므로—

어머니는 나를 외국인에게 잃을까 봐, 미래의 손자들에게

말을 붙이지 못할까 봐 두려운 거야. 수천 마일 떨어진

한국에서 어머니는 나쁜 일은 없느냐고 물어. 나는 웃고 싶고.

네게 말하고 싶어. 웃긴 분이지? 하지만

간밤에 한국 남자가 네 방에 침입해

나를 강간했어. 네가 내 옆에서

고요히 잠들어있는 동안. 내 배를 깔고 앉은 그가 칼을

오로지 번득일 뿐인 칼을 들고 있었지. 그리고 내가
눈을 떴을 때 너는

여전히 백금 피부를 걸치고 있었어. 나쁜 일이

뭐가 있겠어요. 나는 어머니를 안심시키지.

머리카락

어머니는 드라이기 전선을 쭉 폈다가

길쭉한 몸통에 둘러 감고는 하셨다.

우리의 뻣뻣한 머리채를 해방하는 의무를 다한 드라
이기

주둥이는 곡선을 그리며 삼각주처럼 납작한 삼각형
모양으로 이어졌고,

어머니는 말씀하셨다, 봤지? 우리는 어딜 가건

단정해야 해. 내가 스스로 머리를

말리기 시작했던 여섯 살에, 드라이기는 무겁고 다루
기 힘들었고,

내 머리카락은 젖은 데와 마른 데가 자주 섞여 있었지,

하지만 나는 전선으로 드라이기를 조심스레 그리고

정교하게 감았고, 감다가 울퉁불퉁해지면 다시 폈고,

나선형으로 탄탄하게 감긴 고리에 감탄했고, 일관되
게 윤나는 고리는

사실 흠뻑 젖은 머리카락처럼 보였어. 이십 대 초반에 이르렀을 무렵

내 머리카락이 저절로 곱슬거리기 시작했고, 어머니 왈,

세상에! 네 머리가 아버지처럼 되어가는구나! 청소년기에 내가

곱슬머리를 갖고 싶었다는 게, 백인 소녀들처럼 되고 싶었다는 게 정말 이상하지, 내 머리카락은 땅까지 완강하게 수직으로 뻗어 내려갔는데. 그 소녀들이 내 길고 검은

머리카락을 쓸어내리며 아주 부드럽고 아주 예쁘다고 말하고는 했다는 게 정말 이상하지.

내가 오랫동안 환대했던 페티시의 대상.

여름날 인기 많은 여자애들이 말했어 네 피부색을 가질 수 있다면

죽어도 좋겠어, 어머니의 친구들이 어머니에게 속삭였지

정민이는 왜 이리 많이 태운 거야, 내가 어디서는 또 어떨 때는

유색인 이유라도 있어야 한다는 듯이

그리고 나쁜 것과 좋은 것 사이에 선분이 있어서

내가 그 위에 아름답지 못한 내 몸을 위태로이 뉘어야

한다는 듯이.

가을 아침. 나뭇잎들이 추위에 말라가고 갈라지고

나는 드라이기를 들고, 아직도 느리게 꼬불거리고

있네.

의구표

고대의 필사본 여백에 점점이 남아

논리적이지 않은 구절들을 표시하던 의구표obelus가

선분 하나로 위쪽 원과

아래쪽 원, 결코 만나지 않는 두 머리의 균형을

잡으며 분할의 상징이 되었다는 건

아주 적합해 보여. 우리의 반도는 어떻게 하나의

의구표가 되었나. 가족들은 얼마나 신속하게

분할되었는가. 그 분할이 군사적이라는 것이

얼마나 잘 들어맞는가. 초등학교에서 우리는

분수를 배웠어, 몫과 나머지를, 통일에 대한 노래를

불렀고, 우리의 북녘 반쪽에게 쌀자루를

보냈어, 자루들이 논리적이지 않은 구절들을 이동할

것이고

하얀 곡식들이 우리가 그림 속에서 쥔 손들에게 닿는

일은

결코 없으리라는 걸 모르는 채로. 연인들의 분할이

얼마나 지속적인지. 의구표라는 이름이 어떻게 꼬챙이로부터,

창으로부터 생기게 되었는지, 대학에서 내 한국인 남자친구가 어떻게

의무적으로 군 복무를 하게 되었는지, 그의 미국인 친구들이 어떻게

북한 사람들을 모조리 죽이고, 참수하자는 농담을 하며 낄낄거렸는지, 그가 웃음을 터뜨렸을 때,

머리를 밀어버린 그의 머리통이 어떻게 다른 사람의 그것 같았는지. 내가 통일에 관해 어떻게 생각했는지,

휴전 상태가 끝나기를,

신속한 정의가 실현되기를 바랐는지,

전부 나를 위해서.

할머니가 복숭아를 회상한다

니가 밤에 먹는 복숭아.
어둠 속에서는 벌레 먹은 자국이 안 보인다.
벌레는 제일 달콤한 과일을 어떻게 찾는 거고?

니 할아버지가 찾아내고는 했다―어데 과수원에서
흠 하나 없는 복숭아 한 개를―
그리고 내 주려고 차가워지도록 냇물에 담갔지.
그해 결혼했다.

니도 알다시피 낭만적인 양반은 아니었어.
하지만 여름이면 항상
내 발치에 복숭아 광주리를 놓아주드라.
내는 그 끈적이는 과일을 잘라갖고
잠든 애들
벌어진 입술에 올려놨다. 그리고 애들은 과육을

씹으며 일어났지.

내 정원에 봉선화가 활짝 핀 걸 봐라.

봉선화 꽃잎을 손톱에 물들이라—첫눈이 올 때까지
남아 있는지 지켜보고.

눈, 이 지방에서는 귀중한 꽃.

그의 가슴에 귀를 기대고, 그 꽃이 만발하는 걸 그릴
수 있었다.

내 뺨은 그의 가슴팍 위에서 좋은 꿈을 꾸었지.

일상의 불운

한 남자가 있었다. 일본 군인. 낡은 미신을 믿지 않았던 자. 전투에 나가기 전 무사를 기원하는 섹스를 믿지 않았던 자. 그는 괴짜였다. '위안부'의 음모나 혹은, 어떤 부위를 부적으로 지니지 않았던 자. 그의 동료들이 말했다, 남자가 되어야 한다고. 공식은 이러하다, 괴짜는 남자가 아니다. 전시의 논리에는 근거가 없다. 근거가 없다. 한 남자가 있었다. 그의 동료들이 말했다, 급습해, 약탈하라고. 그를 위안소에 밀어 넣었다. 벽에 난 구멍을 들여다보는 그들의 눈알들. 그가 나오는 걸 보았다. 되었다. 여기서 공식은 무엇인가. 공식은 없다. 한 남자가 있었다. 울면서 말했다. 나는 남자도 아니야, 나는 남자도 아니야.

부검

당신의 손은 고기 고리와 식칼로 뒤덮였습니다.

당신은 나를 잡고 누가 네게 이런 짓을? 속삭이면서

나를 얇고 작은 배 안으로 썰어냅니다.

당신이 그랬어, 당신이 그랬어, 당신이 그랬어, 그리고

당신, 그리고 당신, 그리고 당신,

당신이 내 집에서 내게 이렇게 했습니다, 당신은 울면

서 이렇게 했습니다.

나는 아무 소리도 내지 못합니다 마치 입 안에

가득 꿀이 찬 것처럼. 벌의 식민지가. 꿀, 꿀.

당신이 내 피부를 치켜듭니다. 그 안에는 당신의 꿈속

숲이 삽니다

눈이 늙어가고 당신은 젊고

춥고 하얗고 외롭고

내 고통이 없고, 그리고 당신은 말하고 싶죠, 내가 아

니야,

내가 아니야, 나는 벌 한 마리도 해치지 않아,

하지만 허니. 내 피와 뼈 안쪽에는

그리고 힘줄 조직과 살의 내부에는 우리의,

당신과 나의, 사냥과

짐승 되기의 역사가 있습니다. 그렇지 않다면,

우리는 여기서 무엇을 하고 있나요, 내 죽은 몸을

가늠하며, 민들레를 뽑자마자

죽을 것이라는 걸 알아버린 아이 같은,

바보처럼 자신의

두 손을 들여다보는 당신과

나의 죽은 몸은.

——
사
후

일상의 불운

오카모토 콘돔이 한국에서 제일이다. 001시리즈. 002, 003. 제일 얇은 콘돔. 콘돔 기술력의 정점. 쾌락의 정점. 놀랄 것도 없지. 그걸 누가 원하지 않겠어. 오카모토 웹사이트: 스킨리스 스킨$^{skinless\ skin}$: 전후(어느 전쟁?)로 인기 많은 콘돔. 돌격 1번. 의미: 일발장전, 일제공격, 일제돌격, 돌격투사. 돌격과 폭발, 아무 의미나 골라잡아라. 누가 착용했지? 누가 제일 잘 착용했지? 위안소에서는 일발이 충분하지 않았다. 돌격과 폭발, 헹구고, 돌격과 폭발, 반복. 소녀들의 스킨리스 스킨. 폭파되고, 전후(어느 전쟁?)에: 교쿠사이: 의미: '옥쇄玉碎, 부서진 옥': 깨지지 않은 타일보다는 깨진 보석이 낫다: 명예로운 죽음: 증거를 없애라: 소녀들의 스킨리스 스킨. 그들 몸에 더 많은 구멍을 뚫어라. 000.

일상의 불운

그가 그녀의 전부를 원했기에 그녀는 머리를 바쳤다. 적
어도 날 빨아줄 수는 있겠지, 그가 제안했다. 그녀는 받
아치고 싶지 않았다. 그는 바지를 벗고 있었다. 우리 하
는 거지? 그가 말했다. 그녀는 사랑에 빠져 있었다. 그녀
는 해볼게라고 말했다. 그녀가 그를 사정시킬 수 없자,
그는 식었다. 그녀가 벌려줬어야 했는데. 왜냐하면 네가
무슨 일을 벌려놨는지 봐, 하고 그가 말했으니까. 네가
뭘 했는지 보라고. 내 사정 몰라서 그래? 그는 우울했
다. 그녀는 마음이 상했다. 그녀는 빨았지만 소용없었
다. 그녀는 구글에서 벌려주다를 검색해 의미를 찾았던
것을 기억했다. 크리스는 애슐리가 벌려주지 않아서 흥
미를 잃었다. 조는 여자친구가 그를 위해 벌려주지 않아
서 차버렸다. 세 번째 데이트에서 여자가 벌려주지 않는
다면, 나는 차버린다. 뭔가 이상했다. 남자들은 다 그래,
항상 그게 더 필요하지, 라고, 누군가 커띔해줬다. 그녀

가 그를 달아오르게 했는데, 그를 못 달리게 한다면, 그녀의 잘못이다. 그가 그녀의 전부를 원했다면. 그가 떠난다면. 창녀. 여자들은 늘 원하는 걸 얻으려고 섹스를 이용하지, 누군가가 실실 쪼갰다. 교사가 〈홀로페르네스의 머리를 든 유디트〉를 여러 버전으로 보여주고 있었다. 클림트. 카라바지오. 젠틸레스키. 알로리. 그녀는 알로리를 떠올렸다. 유디트가 그녀를 내다보고 있었다. 머리를 머리채로 잡고. 바치려는 듯이. 유혹하듯이.

두려움

내게서 두려움을 도려내고—

역사의 절벽들로 측면을 두른

피오르드가 되고 싶었다. 어떻게 해야

내가 살지 않은

시간들을 쓸 수 있을까. 나는 두려움이

비워지고 삶으로 충만한

장소를 원했어

맥스 데스퍼의

흑백사진들처럼

나는 어떤 감정을 느껴야 할지 모르겠어

그의 한국전쟁 사진들 앞에서

그에게 퓰리처상을 안겨준 사진에는

파괴된 다리를 기어오르는 난민들이 있어

한데 나를 멈추게 한 사진은—

한 쌍의 손

눈을 뚫고 솟은 거무스름한 손가락들

그 앞에 구멍이 있었고

내 뒤의 화면에서 데스퍼가 말하길,

남자의 손은 묶여 있었고 그는 저 검은 구멍으로

마지막 숨을 쉬었습니다.

저 검은 구멍, 손가락들의

저 구체. 저 대양의 팔, 나의

저 피오르드. 내가 텅 비었다고

믿어왔던 것을 쥐고. 목소리,

두려운 해류. 그 밑에,

물의,

빛의 몸들.

뉴스

사과를 먹는 방법에 관한 기사가 있다.

그런데 나는 배를 먹으면서 생각하지

배pear는 한국말로 배ship 혹은 배boat 와 동음이의어야.

그리고 배stomach도 있지. 세월호가 어떻게 어떻게 침몰했는가, 어떻게 세월이

이 세상 너머beyond the world를 의미하는가 그리고

흘러가는 시간 혹은 삶을 뜻을 못하기도 하는가. 그 배에는 수학여행을 가는

어린 학생들이 많이 타고 있었어, 선장과 선원들이 도망가는 동안

2014년 4월 16일 세월호 사고 희생자들을 기리며

세월의 배에서 기다리리라는 말을 들었다. 잠수사들이 문틈을 뜯어내고, 구멍조끼에

한데 묶인 소년과 소녀를 찾아. 한국인들은 노란 리본을 달고, 엄류에서 너무 빠르게

생을 다한 어린 망자들을 파내. 그들이 고등하고 담 높이

매달린 벽에 붙은 쪽지에는 이렇게 적혀 있어: 한 해 동안 너를 사랑했어.

세월. 열일곱에 나는 어떻게 사랑했던거지? 뱃속 웅어리를

달팠던가? 눈물에 젖은 채, 구멍이에서 덩굴이 자라나 내 정맥을 에워쌌고, 나는

꽃잎을 토해냈어. 나는 행복하며

울었고, 나는 사랑하고, 사랑한다! 그리고 싶었어. 나는 빗곳거리는 저

배 조각들에 물렸어. 사과를 제대로 먹는 밤. 위에서 아래로, 전부 삼킹 것 씨 말고 아무것도

남기지 말 것. 사과의 둥음이이어는 사과. 미안하다고,

나는 배의 심에 대고 말해, 움푹 파인 뱃속 씨앗들에게.

우리 이렇게 헤어질까

겨울밤 한국 사람들은 멀리서

올빼미 소리를 젖먹이 울음소리로 들었다. 검은 나무들

사이에

버려진 갓난아기가, 새일 수도 있다는 걸

모르는 채로. 우리 그렇게

되는 건 어떨까. 우리

눈 속에서 소나무가 갈라지는 소리보다 크게

이렇게 말해볼까. 걸어서 우리에게서 멀어져.

우리를 우짖는 짐승들이라고 착각해.

열 마리, 백 마리야. 우리가 남겨두고 온 게.

어쩌면 수백, 어쩌면 수천일 수도 있어.

일상의 불운

필리핀에서 지역 주민들보다 한국인들이 더 많이 살해되고 있다는 뉴스 보도가 나온다. 갱 단원들 때문에. 필리핀 사람들이 한국 사람들을 부자라고 생각하기 때문에. 필리핀 노동자들이 입 속에 저열함을 품고 한국에서 돌아오기 때문에. 경찰서에 '한국인 전담 부서'가 늘어났다. 우리 국민의 안전을 위해 다른 뉴스에서, 한국인들은 선도적이다: 죄책감 없이 섹스하고 떠날 상대를 찾아다니는 관광객들, 기업인들, 학생들. 그들은 이렇게 말한다. 이 필리핀 여자들과 이 아이들은 나를 못 찾을 거야. 그들의 입 속에는 저열함뿐. 빈 책상 하나뿐. 다른 뉴스, 두 소년이 한국인 친부를 상대로 소송을 제기했다. 그들이 말한다. 유전자 검사를 해보지 않을래요? 우리 모두와 함께 분노하고 '위안부' 여성에 관해 읽던 남자들과 같은 남자들인가? 책상에 성경을 올려두고 폭력은 폭력을 부른다고 설교하던 남자들과 같은 남자

들인가? 망할 필리핀 놈들이 한국인 목숨을 앗아간다. 크게 욕하던 남자들과 같은 남자들인가? 소년들이 승소한다. 그들의 친부가 말한다, 이걸로 내 가족은 끝장날 거야.

기록

일본과 대한민국은 '위안부 여성' 사안에 대해 합의했다.
2015년 12월 28일

두 남자가 악수하는 사진들: 기시다 외무상과 윤병세
외무부 장관.

일본 정부는 이번 발표를 통해 이 사안이 최종적 및 불
가역적으로 해결되었음을 확인한다.

(백만 엔 = 8300만 미국 달러)

대한민국 정부는 일본 정부가 서울 일본대사관 앞에 설
치된 '위안부' 소녀상으로 인해 공관의 안녕이 저해되고
품위가 저촉될 수 있다는 차원에서 우려하고 있음을 인
지하고 있습니다.

소녀상: 청동. 짧게 자른 머리카락. 짧다. 그녀의 오른편 자리가 비어 있다(다른 이들을 기억하기 위해). 작다(소녀에 불과하다). 작은 발과 작은 발가락(편히 발 디딜 수 없음). 이럴 때 어떻게 우리가 두 발 뻗고 잔단 말이냐⋯⋯. (흔한 한국식 표현)

—한편 전 '위안부' 여성들과 시민들은 지난 24년간 매주 수요일마다 (평화와 존엄을 요구하는) 집회를 열어왔습니다. (노란 나비 배지)

임성남 차관 앞에 선 이용수 활동가의 영상: 왜 우리를 두 번 죽이려고 합니까? 우리가 못 배우고 너무 늙어서 배제된 겁니까? 내가 아무것도 모른다고 생각해서요?

이 삶을 나 대신 살아줄 겁니까?

《월 스트리트 저널》이 번역된 합의문을 게시한다. 한 사람의 댓글.

대한민국은 공격적인 위안부 소녀상들이 대한민국의 위증과 중상모략을 상징해왔고 앞으로도 그러리라는 사실을 직시해야 한다. '위안부'들은 군인들의 사기와 의욕을 고취시키고 여러 나라에서 강간 범죄를 예방하는 일을 전담했다.

*(강간을 예방하는 강간, 안녕의 저해를, 품위의 저촉을 예방하는 강간)

우리는 나비들이 지상에 봄을 가져다준다고 믿어왔다. 이제 얼마나 많은 봄이. 실성한 나비들에게 춤을 청하라―응하지 않을 것이다.

(생존 여성들의 평균연령: 90세)

경주에 지진이 발생했던 날, 2016년 9월 12일

나는 사랑과 고마움만 생각하고 싶다,

너를 서울로 돌아가는 기차에

태우며, 부산역 에스컬레이터에서

내려가는 계단 옆 층계참 예언가의 눈길을

피하며. 그는 신을 받아들이지 않는 자들이 죽음을

피할 수 없으리라고 외친다. 종말이 오고 있다, 그러

니 교회로.

아니면 이 땅이 갈라지며 너희를 삼킬 것이니 너희는

구원받지 못하리라. 그는 각각의 얼굴을 향해 저마다

다른 기적들을 내뱉는다. 신이 바다와

내 뒤의 여자를 가른다. 불길이 세계를 집어삼키고

물이 차오르고 범람한다. 나는 물과

불을 두려워하지 않는 게 아니야. 내가 신을 믿지 않

는 게 아니다. 우리는 이미

물과 불로 죽고 죽인다. 바다 건너에서 경찰이

테런스 크러처를 그다음에는 키이스 라몬트 스콧을 쏠 것이고 그게 끝이 아닐 것이고

여기서 백남기가 물대포에 죽을 것이지만 이 모두는

정당한 힘을, 다시 말해 신을 믿지 않아서가 아니다.

예언가는 우리가 반드시 굴종해야 한다고, 그래야만 한다고 말한다.

역 건너편의 러브호텔 창문들이

연인들이 방에 들어서면서 밝아졌다 어두워진다.

비워진 방, 서로에게 흘러드는.

여름의 끝이 오고 있다. 나는 이제 예언가 남자로부터

멀어졌다. 내가 신을 믿지 않아서가 아니다. 이번만은

사랑과 고마움만을 생각하고 싶다, 우리 모두의 생에 대해 신에게

감사를. 땅이 흔들리기 시작할 때, 나는 역을 향해 고개를 돌리고

네가 탄 기차는 이미 없다. 이 일로 아무도 죽지 않을 거야,

오늘은 아니야, 오늘은 아니다. 하지만 사람들이 끌어안고, 본능적으로 서로의 손목을

잡는다. 예언가 남자는 홀로 서 있다, 나처럼, 두 팔을 들고,

아마도 굴종하는 마음으로, 아마도 감사한 마음으로.

추분과 동지 사이, 오늘

한국 시를 읽었다

이런 구절과 함께. 오늘은 앞으로의 일생에서

당신이 가장 어린 날. 오늘은 내가

여태껏 가장 늙은 날. 오늘 우리는

메밀차를 마신다. 오늘 나는

아파트 난방을 켰다. 오늘 나는

차다라는 한국어를 떠올린다.

차갑다라는 뜻. 채워지다라는 뜻.

찬다라는 뜻. 채운다라는 뜻. 오늘 우리는 지쳤다.

오늘 너는 추위를 입는다. 너의 차가워진 피부.

내 마음이 내 피부를 찬다. 누군가 말했어

겨울이 그의 창문들을 망가뜨렸다고. 내부의 열과

외부의 냉기가 유리에 벼락을 내렸다고.

오늘 내 마음은 너를 커튼처럼 감싼다. 오늘

내 마음은 너로 채워진다. 내 방 창문은

낙하를 앞둔 잎들로 가득 찼다. 차다, 네가 말한다. 차다.
우리는 마신다. 밖은 차다.

외국인

너는 우리가 집으로 가는 길에 무당벌레들을 셌다고
말했다

정확히 스무 마리를 셌다고; 너는 그중 하나를 셔츠
위에서 들어올려

잎새가 드문드문한 나뭇가지 사이로 날렸다; 너는 내
게 한국 단어들을

발음해달라고 한다; 겨울이라고 말해봐 다시; 가을
이라고 말해봐; 겨울; 가을;

나는 가끔 너를 생각한다고 말해봐; 그냥 그렇게 되
었다고 말해봐;

너는 상냥한 새처럼 각각 반복한다; 무당벌레는 따
뜻한 집에서 동면해;

무당벌레를 아시아 숙녀 딱정벌레라고도 한다는 거
아니;

우리처럼 이주한 거니; 무당벌레는 제 존재만으로 해

충이라고 여겨지지;

　나도 너를 해치지 않을 거야; 네 물건들은 물론이고;
네 옆에서

　내 조그만 마음이 사십여 폭 날개처럼 떤다.

가끔 이 길을 걷고 있을 때면

흙먼지와 유리 조각이 널린 바닥에 눕고 싶어.
피곤하고 외로워. 지난번 우리가 타고 있던 버스가
알비노 나무를 지나쳤지. 옆에 있던 네가
돌아가서 나무를 봐야 한다고 말했고,
그다음 날 뛰쳐나갔어. 흰색은 네게
차갑거나 뜨겁게 보이니. 우리는 그 나무에
잉걸불이 가득했다고 상상할 수 있어.
이 길에는 노란 나뭇잎들, 차갑고
냉담한. 오늘 아침에 나는 떨면서 일어났어.
네게 간밤의 꿈을 말해주고 싶어, 어쩌다
안면도로 가는 버스에 타고 있었다고. 나는 혼자였지만
바다에 도착했을 때 너는 내 옆에 있었어.
우리가 섬으로 가는 길을 찾았다고 네게
말해주고 싶어. 하지만 그 외는 전부 잊고 말았지.

쉽게 씌어진 시

윤동주를 따라

먼 나라 내 방 바닥에서. 신문과 함께

날이 밝는다. 신문마다 내 친구, 어느 시인, 그리고 또 누군가의 추방과 수감과 죽음을 예고한다. 그들이 모두 사라질 때까지.

나는 거리로 달려나갔지만 그걸로는 충분하지 않았다.

나는 두려움에 비명을 내질렀지만 그걸로는 충분하지 않았다. 해가

우리 머리 위로 어둠을 퍼부으며 빠르게 저물었고, 나는 두려웠다. 여전히 나는 나밖에 몰랐고—

나는 축복받은 시간 동안 노래하는 새들과 떨어지는 별들, 그리고 꿀벌이 가득한 한 줄의 시를 적어냈다.

팔 아래 공책을 끼고 여기를, 저기를, 다시 여기를 거닐었다.

그러는 동안 폭탄이, 웅웅거리는 전투기가, 온갖 날개 달린 것이 시야에서 사라졌다가 살아 있는 것들 속으로 사라졌다, 우리가 찾을 수 없는 곳으로.

우리는 할 수 있으므로 계속 흥얼거리고 계속 먹는다. 우리는 한숨을 쉬고 우리는 쓰고 우리는 이런 걸 읽는다: 침이 없는 무해한 수벌을 웅봉이라 부른다; 그것은 제 목숨을 위해 침을 쏘지 못한다.

나는 드러눕는다. 여기가 바닥이다. 이국땅의 바닥.

여기가 소실점이다. 이 나라가, 여기가, 저기가, 여기가.

어리석은 소녀. 어리석은, 비정한 팔복에 대해 한 줄씩 쓰고 또 쓰면서 자구할 수 있다고 여기는 어리석은 소녀. 얼마나 어리석은가,

얼마나 어리석은가, 어리석고, 어리석고, 어리석은 것.

식전 기도

내 나라에서 무당들은 여자였고

많은 신이 있었지 백인들이

묵주신공의 희열을 가져왔을 때까지 그리고

오늘 우리 도시에는 십자가들이

무덤처럼 붉은빛을 발하지. 어려서 나는

주일학교에서 신을 믿지 않으면

지옥에 간다고 들었어. 선생님은 여자였는데

그분 딸은 수녀가 되고 싶다고 했고 나는 질문했어,

애기들이나 부처님은요, 선생님은 말씀하셨지

그들도 지옥에 있지, 그래서 나는 기도문을 외웠고

읊었다 내가 믿지 않았던

여자들 앞에서. 우리를 악에서 구하시옵고.

오 선량하신 동정녀 마리아여, 아멘. 오 선량하도다.

오 선량하도다.

기독 국가를 자처하는 이 나라에서

우리에게 자비를 베푸소서라는 말을 듣는 것보다 무엇이 더

기쁘겠는가. 다른 신들을 섬기는 이들로부터. 오

온유, 오 사랑, 오 신이시여, 오 신이시여, 폐허 한복판에서,

물 한복판에서, 도망하는, 도망하는. 우리를 악에서 구하시옵고.

오 선하도다, 오 선하도다. 이 나라에서,

달을, 별을 가리켜라, 호수가 자리한 쪽을

깃털로 뒤덮인 손으로 가리켜라.

그러면 그들은 깃털을 볼 것이다. 그리고 그로 인해 너를 죽이리라.

그들이 믿지 않는 종교를 뜻하는 단어가 마법이라면,

그런 것이다, 우리에게 마법을 주소서. 우리에게

우리의 어머니와 스카프를, 우리의 영혼을,

우리의 무당들과 우리의 신성한 책들을 주소서 그리고 우리는

누구에게도 기도하지 않을 것이니. 우리를

성스럽게 해주는 것을 먹게 하소서.

겨울 매화에게

내가 너를 속였던 걸까,
창문 불빛으로
내 살갗의 온기로.

한 송이 꽃으로 시작되었지
저무는 황혼녘 잉걸불처럼
나뭇가지에서 빠르게 생장하며

내 방 안으로 코를 들이밀며.
밤에 숲 그림자가 밀려왔다
내 페이지 위로, 팔로, 내 시로.

눈 속에서 너는 무거웠어
겨울을 밝혀 봄으로 가려는
백 개의 전구로.

차갑고 희부연 아침.

너는 홀로 하늘에 빛을 드리우고,

조그만 등불, 붉게 터지는 엽葉들.

변신

2016년 초 향유고래 열세 마리가 배 속에 플라스틱 쓰레기로 가득한 채 독일 북부 해안가로 밀려왔다.

한때 나는 여자가 되기에 충분히 순진했다. 한때 나는 은색

새 차를 소유했고, 비가 진동하는 포장도로를 달렸다.

나는 차를 몰고 낙조의 조약돌 해변으로 갔고, 여기저기

물고기 웅덩이가 고여 있었다. 볼 수 있었다, 작고 반짝거리는. 깊은 물속에는

갈치가, 오징어가 있었다. 내 언어에서 갈치는

칼치라고도 불렸다. 누군가가 말했지, 난파당한다면

칼치가 제일 먼저 너를 둘러싸고

깨끗이 뜯어먹을 거야. 인간의 살과

어우러지는 은색 리본들. 하지만 나는 바보가 아니었
어. 나는 외투를,

카디건을, 스카프를, 머리카락을, 그리고 다른 가냘
픈 아름다움들을 벗어.

비가 내 피부를 끈적이게 했고. 나는 인간과 관련된
일들에

속이 역겨워졌다. 대부분, 총기와 우둔함:

무지가 우리를 제일 많이 다치게 했어. 혐오도. 하지만
매끈한

새장은 무지의 자식이지. 새장을 좋아하는 이들은 아
늑하고

보호받고 있다고 생각했다. 그들은 다른 사람들 위
로 새장을 굴렸어, 짓밟으면서,

놀라게 하면서. 나는 으스스한 물속에 누웠어. 물은
내 위로

그리고 다른 살아 있는 존재들 위로 조금씩, 조금씩

한 올씩, 한 올씩 우리를 바꾸면서

흘러갔다. 물고기는 색을 보는데,

고래는 그럴 수 없다니 공평하지 않았지만 나는 괜찮
았어: 내 새로운 몸이 마음에 들었지.

내가 어떤 종류의 고래인지는 몰라. 바다에는

거울이 없었어. 유리 조각과 다른 빛나는 잔해들을,

나는 먹었어. 갈치가 머리털처럼 서서 흐리멍덩한 눈
으로 나를 응시했다.

한번은 잠수부가 다가와 내 눈을 사진 찍더니 나와
닮았는지

보여주지 않고서 가버렸어. 나는 오징어를 삼켰고,

그것들의 부리가 배 속 플라스틱과 부딪히며 덜그럭
거렸어.

한때 나는 순진하게도 잔뜩 부른 배로

굶주린다는 게 물로 배를 채운다는 의미라고 생각했지.

그 후로 새로 얻은 내 은빛 배를

인간이 만든 쓰레기 수천 개로 채운다는 의미라는 걸
알게 되었어.

나는 내 것과 똑같은 자동차들의 일부를 먹었고. 나
는 투명하고 탁한

봉투들을 먹었고, 그것들은 흐릿하기만 했고. 인간의
일들. 얼마나 흔치 않은지.

썰물이 빠지고, 다시 여기에 와 바람을 쐬는 것. 얼마
나 환상적인지.

내 위에서 회색 모래가 말라가고—다시 날아가는 새

를 보고. 새의 날개는

언젠가 바다 밑에서 본 적 있는 곤충 같은 생물의 배를 닮았다.

그것은 줄무늬 진 채 죽어 있었지. 봐: 그토록 가냘픈 아름다움을.

그림자, 잎, 구름 떼가

어느 짐승의 바람에

밀려갔다.

꿈의 악마

악마가 내 꿈을 점거했음이 분명해,

내 악몽들을, 진정 내 것은 아니지만—

설계한 건 내가 아니니—

나는 꿈속 도시들로

몸들로

가득한 강들을 통제할 수 없고.

나는 네 머리카락을 쥔다

떠다니는 지푸라기라도

잡으려는 물에 빠진 사람처럼. 아마 이건 너 때문일지도—

너는 나를 못 쉬게 해. 내가 한국어로

어머니와 통화할 때

내 모국어는 암호야.

너, 비밀.

여전히, 너는 내 주변으로

네 몸을 형성해, 너무 가까워서

내 꿈은 네 꿈을 점거하지.

나는 네 잠을 항해하고,

네 꿈이 담고 있는 건 내 것이지—

너의 아픈 고양이들을 나는

검은 사자로 다시 태어나게 해. 너를 고문하는 자들:

물속. 나는 몸들을 불러내고, 물의 몸들과

너는 원을 그리며 그들 주위를 돌아.

이렇게, 우리는 같이 늙어가겠지

네가 나를 보지 못한 채.

하지만 불현듯 그러나 여느 때처럼

아침이 오고. 너는 다시 여기에,

내 옆에, 오십 살 어린 채—

얼마나 보고 싶었는지.

나는 네가 깨어나기를 기다린다.

고래 시간

노란빛을 띠는 우리의 다리가 서로 붙어서,
종아리를 펴고, 나는 해변으로 밀려온 고래들을, 깨끗
하고 빛나는
만곡을 그리는 배를 생각해. 고래는 뭔가 차가운

형태로, 배수관처럼 제 몸을 빨아들이면서 누워 있을
지도
몰라. 중력이 고래를 통째로 모래 속으로 빨아들이고.
당신은 한국어를 배운다, 물오르다, 물오르다라고
속삭이며.

말 그대로, 물이 차오르다라는 의미지만, 진짜 의미는
봄철 나무들에
수액이 찬다, 좋아진다는 의미지. 오너라 봄아, 네 생
일이 될 테니.

우리는 미역국을 먹고 혈관에 산소를 채울 거야.

한국 사람들이 그러는 이유가, 수백 년 전에,

출산한 고래들이 미역을 먹던 모습을 봐서라는 걸 당신은 알까?

당신은 다리를 꼬는데, 검고 거친 다리털이 바다 건너

내 아버지와 할아버지를 닮았구나. 그런데 당신은 고래에게도 털이 있다는 걸 알까?

아마 땅 위를 걸었던 과거를 상징하는 게 아닐까?

오래전 여름: 당신의 아버지는 같은 바다를 건넌다 너를

미국으로 데려가려고, 당신이 자라고 나와는 다른 언어를

말하게 될 곳으로. 고래들도, 또한, 서로의 출신을 노

래로 감지한다는 걸

아니? 내가 듣는 그 음악은 당신 것이고 우리 것이다.
물오르다.

물오르다. 물이 차오른다. 고래들은 올해 더운 겨울
에 죽는다.

당신의 아버지가 네게 그해 여름에 대해 말해주었지,
그 눅눅한 열기.

당신의 위탁 어머니가 당신을 쫓아 달려갔지만, 이미
당신은 아버지 품 안에서 잠들어 있었다,

그녀가 당신의 이름을 흐느끼는[wail] 동안. 다음 날 당
신은 그 이름으로 불리지 않을 것이고

세월이 흘러가겠지. 하지만 당신이 열 살이 되면, 당신
은 그 이야기를 쓸 거야

그리고 흐느끼다[wail]를 먼 거리의 김을 내뿜으며 숨을

쉬는 고래^whale로 쓰겠지.

 그 거대한 동물은 대기에 으스러졌고 인간의 잘못이
라는
 단어들이 몸에 분사되었다. 그래, 그래서 아마도 세계
는 물로 끝장날 거야, 모든 사랑스러운
 것들을 휩쓸면서. 그래, 은총 속에서, 오직 노래만이,
부력만이. 당신은 이제 일어선다

 물올리다, 물올리다라고 속삭이면서. 말 그대로 물을
올린다는 의미지만,
 진짜 의미는 물을 끓이다야.

말할 수 없는 것을 말하려는 시도의 무게

에밀리 정민 윤의 『우리 종족의 특별한 잔인함』에서 가장 먼저 읽었던 시는 「황금주」였다. 위안부 피해자들의 증언을 신문기사나 뉴스를 통해 '간접적'으로만 접해왔던 이라면 일인칭으로 발화하는 이 시의 목소리가 강력하고 압도적으로 느껴질 것이다. 그리고 홀린 듯이 다른 시들을 읽어나간다면, 시의 형태로 구현된 증언의 묵직함을 생각하고, 또 느끼게 될 것이다. 〈증언〉에 수록된 시들에서 볼 수 있는 단어 사이의 공백들은 일종의 보이지 않는 다리가 되어 기억의 파편들을 연결하는 동

시에 발화된 언어가 드러내지 않는 것들을 암시한다. 그렇게 연결된 기억들은 구체적이고 개별적인 사실을 우리 눈앞에 제시한다. 요컨대 이 시들은 이렇게 말하고 있는 것처럼 보인다: 이 기억들을 기억하라.

이 시집을 한국어로 옮기는 동안 나는 다시 말해지고, 중첩되고, 되살아나고, 다시 말하는 목소리들을 내내 생각하고 있었다. 내가 "잘못 발음"할지도 모른다는 두려움이 없었다면 거짓말이다. 하지만 그럴 때마다 시인의, 그리고 역사를 증언하고 기록으로 남긴 이들의 용기를 떠올렸다. 말할 수 없는 것을 말하려는 시도의 무게를 많은 사람이 느껴보기를 바란다.

인
터
뷰

**지구 반대편에서 이어진
두 여성 작가들의 대담**

한유주로부터, 에밀리 정민 윤으로

1. 원서 『우리 종족의 특별한 잔인함』을 펼치면 왼쪽 책날개에 적힌 소개 문구가 'A piercing debut collection'*이라고 시작하는데요, 작업하는 동안 시들이 폐부를 찌르는 느낌을 내내 받았습니다. 아마도 정교한 시어로 고통을 증언하고 있기 때문이겠지요. 이 시집에 실린 시들을 어떻게 쓰게 되셨나요?

지금도 하는 고민이지만, 아시아계 미국인 시인들과 함께 '어떻게 우리의 문화와 역사를 알리고 얘기하되 시라는 형태에 걸맞게 글을 쓸 수 있을까' 그리고 '시인으로서 우리의 사회적 역할은 무엇인가'에 대해서 많은 얘기를 나누었습니다. 그래서 저는 일본군 성노예나 6·25 전쟁 등 한국에서 어린 시절을 보낸 사람으로서 당연히 알고 있었던 역사적 사실들에 대한 미국인들의 인식 수준을 높여주고 싶다는, 당돌하고 조금은 단순한 포부를 가지고 이 책의 많은 시를 쓴 것 같습니다.

* 심장을 관통하는 데뷔작.

사실 처음부터—완곡한 표현인 '위안부'라고 많이들 알고 계시는—피해자 여성들의 이야기를 중심으로 책을 써야겠다고 결심한 적은 없지만, 그분들의 역사를 찾아보고 시를 쓰다 보니 어느새 꽤 많은 분량의 글이 생겨 있더라고요. 그래서 그 관련 시들을 책의 심장부에 위치시키고, 제가 직접 느끼고 경험하며 쓴 시들과 현대적인 폭력들에 대한 시들로 감쌌습니다. 책 전체의 감정선을 고려하여 시들의 순서를 정하는 것도 창작만큼이나 어렵더라고요. 일본군 성노예나 6·25전쟁 등의 역사는 이미 해결되거나 '지나간' 사건들이 아닌, 살아 있는 사람들로서 우리가 계속 기억하고 질문해야 하는 동시에 아직 경험하고 있는 문제들임을 나타내고 싶어서, 시의 배열을 통해 책의 시간을 비선형으로 나타내고자 했습니다.

———

2. 한국어 단어들이 포함된 시와 창작 노트를 보면 한국어로도 시를 쓰시지 않을까 싶었는데요, 이 시들을 영어로 쓰신 특별한 이유가 있으신지요?

아주 어릴 때부터 글 쓰는 것을 좋아했습니다. 특히 소설을 많이 썼어요. 그러다 만 열 살 때 캐나다로 이민을 갔고, 대학생 때부터는 미국에서 살았어요. 처음 이민을 갔을 때는 영어를 전혀 못 하다 보니, 제 언어에 대한 자신감이 없었어요. 그런데 시에서는 문법, 문장 구조, 단어 선택 등이 자유로운 것이 매력적으로 다가왔습니다. 시 속에서는 비표준어가 틀린 것이 아닌 특별한 것이 되니까요. 그렇게 시라는 장르 속에 집을 짓고 이렇게 아직 살고 있습니다. 하지만 영어권 문화 속에서 쭉 문학을 배우고 창작을 하다 보니, 영어로 문장을 쓰는 것이 이젠 더 자연스럽고, 영미 문학 스타일이 더 익숙한 것도 사실입니다.

한국어로 창작을 자주 하진 않아요. 한국어를 잊어버리진 않았지만 언어를 안다고 해서 곧 훌륭한 작문을 할 수 있는 게 아니다 보니, 한국어로 제가 스스로 만족할 만한 글을 쓰려면 한국어 창작 연습을 더 많이 거듭해야 할 것 같습니다. 한국 문학을 읽는 것만으론 부족하고, 창작을 통해 한국 시어의 세상에 직접 들어가서

제게 어울리는 문체를 탐구해야 할 것 같아서요.

재밌는 것은 영어로 글을 쓰면서 한국어를 모국어로 배웠던 제 언어적인 배경이 뚜렷해지기도 하고, 한국어와 더 친밀해지는 느낌을 받습니다. 한국어를 알기 때문에 시적 표현력이 더욱 확장되는 것 같아요. 제가 자주 쓰는 예시인데, 한국어에는 보슬비, 이슬비, 가랑비 등 비에 대한 다양한 단어들이 있잖아요? 비의 여러 가지 한국어 이름을 알기 때문에 영어로 어떤 그림을 그리더라도 더 자세한 묘사를 할 수 있게 되었다고 믿습니다. 그리고 물론 그 반대도 마찬가지예요. 두 가지 언어를 구사함으로서 더욱 풍부한 시어와 폭넓은 시야를 가지게 된 것 같아, 감사하고 있습니다.

———

3. 이름에 관한 구절들이 인상적이었습니다. 이름을 붙이고, 이름이 바뀌고, 결코 잊지 못할 이름이 있고, 자기 자신으로 바로 서기 위한 이름이 있고……. 그런 생각을 하다가 표지에 적힌 작가님 이름에 눈길이 갔습니다. 시집을 읽는 동안 뭐랄까요, 내부자와 외부자

의 시선이 분리되었다가 뒤섞이고 마침내 하나가 되는 순간들이 있다는 느낌을 받았습니다. 추측이지만 이런 점이 작가님의 이름과도 연관이 있지 않을까 싶었습니다.

'에밀리'라는 영어 이름은 제가 캐나다로 이민을 가면서 스스로 붙인 이름입니다. '정민'이 그렇게 어려운 발음도 아닌데, '영민', '중민' 등 틀리게 말씀하시는 분이 많아요. 영어권 사람들의 편의를 위해, 그리고 암시하셨다시피 외부자로 받아들여지지 않게, 혹은 타자화되지 않기 위해 이름을 하나 더 만든 거죠. 지금 선택권을 준다면 굳이 그러지 않을 것 같습니다. 하지만 이제 에밀리로 오래 살다 보니 그 이름에도 정이 들었어요. 그리고 그 이름도 완전한 제 것으로 받아들였습니다.

여성으로, 그리고 미국에서는 '유색인종'으로서, 나의 내러티브와 나의 존재는 마이너하고 주변부의 것이라고 내면화한 것을 타파하는 것은 길고 고생스러운 과정인 것 같아요. 내 정체성, 문화, 역사, 언어 등 모든 것을 시로 잘 나타내려면 주류 문화가 알아들을 수 있

도록 '번역'하거나 세세히 설명해줘야 할 것 같다는 압박감을 느낄 때가 있었는데, 이젠 전혀 그렇지 않고, 오히려 주류적 쓰기는 물론 읽기 방법까지 깨뜨려야 한다고 생각해요. 그리고 문학 안에서의 의미 생산에 있어서는 독자도 책임이 있다고 믿어요. 저도 특히 미국 문학을 읽으면서 언어적으로나 문화적으로나 바로 접근하기 어려운 것들을 가끔 보는데(예를 들어, 마이애미에서 자란 온두라스계 미국인 퀴어 작가의 글을 보다 보면 제가 잘 모르는 것들이 분명 있겠죠), 바로 이해가 안 된다고 해서 읽기를 중단하거나 해석의 부담을 작가에게 맡기는 것보다는, 제가 직접 용어를 찾아보고 저자와의 연결고리를 탐색해보는 것이 지적 만족감을 얻는 동시에 독자로서 할 수 있는 일이라고 생각합니다. 시가 특히 독자에게 그런 책임감을 유도하고 요구하는 것 같네요.

————

4. 제가 지켜본 바로는 한국에서 '세월호 이후를, 혹은 세월호를 어떻게 써야 할 것인가, 어떻게 재현해야 할 것인가'라는 질문에 대해 (각자 고투하고 있음에도 불구하고) 여전히 적절한 대답이 마련되지 않고

있는 것 같습니다. 쓸 수 없는 것을 써야 한다는 자가당착적인 난관을 창작하는 사람 대부분이 겪고 있는 듯한데요, 작가님의 시 「두려움」에서도 유사한 느낌을 받았습니다. "내가 살지 않은 시간들을 쓸 수 있을까"라는 질문이 유독 아프게 느껴졌어요. 그러면서도 위안부 사안, 세월호 사고에 대해서 솔직하고 용기 있게 쓰고 계시다는 생각도 들었습니다. 작가로서 해야 할 일 중 하나가, 일종의 범박한 표현이지만, 역사적 사실의 문학화이기도 하겠는데요.

시 전반에 관해서 이야기하자면, 비교적 간결한 장르인 시 속에서 팩트를 나열하는 것은 한계가 있어 필요한 정보를 다 넣을 수는 없습니다. 그리고 정보는 시가 아닌 다른 매체에서 더 쉽게 얻을 수 있죠. 하지만 밋밋한 언어의 정보 전달만을 통해 팩트를 접한다면, 아무리 고통스러운 일이었을지언정 우리는 곧 지루해하고 둔감해진다고 생각합니다. 안타깝고 잔인한 사실들을 간과하거나 잊는다면, 소외되거나 죽임을 당한 생명들의 존엄성을 무시하는 행위가 될 수 있겠죠. 우리가 항상 고통으로부터 보호받아야 할 필요는 없습니다. 시는 그런 감정들을 잊지 못하도록, 상기하도록 해줘요. 미국 페미

니스트 시인인 뮤리엘 루카이저의 말을 빌리자면, 시는 무엇보다 "감정적 정보emotional information"를 전달하는 수단이라고 믿습니다. 시는 속독할 수 있는 매체가 아니므로 이 디지털 시대, 스피드의 시대 속에서 우리의 시간을 일시적일지라도 느리게 가게 해주는 장치라고 생각해요. 짧은 시일수록 한 행 한 행 놓칠 수가 없기 때문이지요. 시는 감정적 정보를 천천히 소화하도록 해줍니다.

그러니, 시를 통해서 독자들이 세월호를 포함한 아픈 역사, 제국주의, 그리고 전쟁의 여파 등을 시간을 가지고 몸으로 느끼며 공감하고, 다른 문화권 사람이라면 자기 자신의 문화에서 일어난 국가적 폭력과 연결시켜 이해해주시면 하는 바람입니다. 그렇게, 세상 모두의 이야기들은 이어져 있다고 느껴주시면 좋겠습니다. 문학의 가장 큰 능력은, 독자인 나의 삶과 멀리 떨어져 있는 것처럼 보이는 사건의 내용일지라도, 감정이입을 하여 공감 능력을 키워주는 것이라고 생각해요.

5. 위안부 생존자들의 증언을 시로 풀어낸 <증언>이 아주 오래 기억에 남을 것 같아요. 실제 증언을 시로 창작하실 때 어떤 방식을 고민하셨나요?

이 책은 하나의 큰 질문의 형상화입니다. 일본군 성노예제에 대해 읽으면서, '이분들의 이야기를 시로 옮겨도 되는 걸까', 또는 '내가 무슨 권리로 이분들의 목소리를 시로 표현하는 걸까' 하는 난관에 봉착했습니다. 쓰는 것과는 별개로 출판을 통해 공유해도 될까 하는 생각도 많이 했습니다. 하지만 미국 사회라는 맥락 속에 몸담은 한국계 여성으로서, 그리고 현재 살아서 글을 쓰는 사람으로서 역사를 지속해서 언어화하여 실재성과 의미를 실을 자격이 있다고 판단하고 결국에는 자신에게 어렵게 허락을 내렸습니다.

피해자들의 증언은 물론 제가 개인적으로 증명할 수 있는 것이 아니기에 책 출판 직전까지 사실적 오류나 부적절한 표현이 들어간 건 아닐까 매우 두려웠습니다. 제

시로 인해 돌아가신 분들의 증언이 잘못 해석되는 건 아닐까 하는 두려움은 아직도 있고, 한국의 일본군 성노예 관련 담론이나 인식 수준, 그리고 감정이 미국과는 매우 달라서 미국과 영어의 맥락 속에서 구상하고 쓴 이 책이 한국에서 어떻게 받아들여질지에 대한 두려움도 큽니다. 하지만 시집은 곧 역사책이 아니니, 〈증언〉이 독자들에게 그분들의 실제 증언이 담긴 자료를 포함한 일본군 '위안부' 문제의 역사적인 사실들에 관한 궁금증을 심어주는 역할을 한다면 기쁘겠습니다. 그리고 저는 글의 무게에 대해 윤리적 고찰을 계속하고 두려움을 가지고 창작 활동을 하기를 스스로 바라고 있습니다.

〈증언〉에서는 문장들을 쪼개어 페이지 위에 흩어지는 무늬를 그리고 싶었습니다. 마디 마디를 끊으면서 독자들의 읽기 경험을 좀 불편하게 하고 싶었습니다. 편하게 읽을 내용이 아니라 그런 것도 있지만, 앞 문단에서 언급했듯 저의 글쓰기 경험도 불편한 것이었음을 보여주고 싶었습니다. 단어와 문장 사이사이에 불규칙적으로 있는 빈 공간들은 생략되거나 지워진 내용을 상징합니다.

그것은 증언들을 시로 옮기는 과정에서 제가 선택적으로 뺀 단어들이기도 하고, 역사 속 혹은 당사자들의 기억 속에서 삭제된 것들을 나타내기도 합니다.

———

6. 시에 직접 인용된 한국어 단어들이 저로서는 매우 새롭고 음악적으로 느껴졌어요. 영어 문장 속에 한국어 단어들을 배치할 때 무엇을 많이 고려하셨나요?

이것 역시 자각의 순간이 딱 있었던 건 아닌데, 어떻게든 한국어를 넣고 싶은 욕망이 있었나 봅니다. 한국어가 영어 시 속에 있어도, 타자의 언어가 아닌 미국 시계詩界의 일부로서 존재할 수 있다는 것을 주장하고 싶었던 것 같아요. 제 정체성에서 한국어를 배제할 수 없으니, 어찌 보면 당연히 들어가야 한다고 생각하기도 했고요. 그리고 제 남편이 한국에서 입양되어 미국에서 쭉 자란 미국인인데, 한국어를 배워서 잘하기는 하지만 가끔 한국어 발음에 대한 질문을 제게 해요. 그러다 보니 저도 소리에 더 민감해지더라고요. 소리에 대해서 생각하다

보면 단어마다 각자의 유산과 세계와 성격이 있는 것 같은 기분도 들고……. 또 그렇게 소리에 대한 상상으로 시작된 시들도 있고 그래요.

———

7. 시집을 읽어나가는 동안 역사와 정체성, 증언과 기록이라는 키워드가 여성과 환경이라는 키워드로 자연스럽게 연결되고 있다는 생각이 들었습니다. 고래가 등장하는 시들이 제게 묵직한 울림으로 다가왔습니다. 시집을 전체적으로 구상하실 때 염두에 둔 짜임새가 있다면 말씀해주세요.

책의 마지막은 아직은 추상 속에만 존재하는, 언제 나타날지 모르는 다음 시집을 향해 손짓하는 시들로 이루어졌으면 했습니다.

첫 번째로, 이 책이 분노와 슬픔을 원동력 삼아 쓰였다면, 새로 쓸 시들에서는 부드러움과 다정함에 더 주목하고 싶습니다. 그렇다고 도피주의적, 낭만주의적 시를 쓰고 싶다는 건 아니고, 제가 가진 감정적 도구들을

더 다양하게 사용해보고 싶어요. 미국 작가 오션 부엉 Ocean Vuong이 낭독회 질의응답 시간에, "분노 후에 우리는 결국 자신을 스스로 돌보게 되어 있다"라고 하더군요. 치를 떨며 화를 내고 소리를 지른 다음, 우리는 목욕을 하거나 촛불을 켜거나 하면서 '셀프 케어'를 하고 마음을 가라앉히잖아요. 자신을 향한 '케어' 과정에서 나오는 시는 어떤 모습일까? 생각합니다. '이 시는 악질적인 사건에 관해 서술하고 있지만, 마지막엔 무조건 사랑으로 끝내면 어떨까?', '나의 존재를 위협하는 사회정치적 상황 속에서 나 자신을 더 사랑하고 외친다는 것은 어떻게 시로 그리고 실천할 수 있을까?' 이런 질문들을 더 하고자 합니다.

두 번째로, 다음 책에선 인간과 인간의 관계뿐만이 아니라 인간이 동식물 세계에 행하는 악함에 관해서 더 말하고 싶어요. 특히 물속에 사는 존재들은 인간에게 궁극의 타자잖아요? 그래서 고래라는 동물에 끌려서 쓴 시들이 몇 개 있습니다. 인간이 직접 손으로 해친 건 아니어도, 인간의 욕심과 부주의함이 모여 죽음에 이르게

한 그 거대한 몸들을 생각하면서요.

8. 한 사람의 독자로서 다음 책이 기다려집니다.

 다음 시집에서는 인간의 힘에 대해 더 큰 질문들을 하고 싶다고, 그리고 새로운 감정적 도구들을 더 사용하고 싶다고 생각은 하는데, 일단은 시를 많이 써 놓고 전체적으로 그들을 잇는 공통점이나 테마가 뭔지 살펴볼 생각입니다. 그러면서 여러 가지 조합으로 원고를 묶어 보는 작업을 하게 될 것 같아요. 그런데 요즘 점점 소설에도 손을 대보고 싶어져서 큰일(?)이네요.

 그 외로는, 한국계 미국인 여성 시인들과 한국 여성 시인들의 작품들에 대해 박사 논문을 쓰고 있어요. 아직 초기 단계라 자세히 설명할 수는 없지만, 넓게는 페미니즘적 독서 방법론, 한국계/한국 시에서의 초국가적 영향과 문학 번역의 역할, 그리고 페미니즘 시가 나아갈 방향에 관해서 연구하는 중입니다.

——

부
록

A Cruelty Special to Our Species

The Charge

An Ordinary Misfortune

Mine is the jam-packed train. The too-weak cocktail. This statement by an American man at the bar: *Your life in Korea would have been a whole lot different without the US.* Meaning: be thankful. This question by a Canadian girl, a friend: *Why don't you guys just get along?* The guys: Japan and Korea. Meaning: move on. How do I answer that? Move on, move on, girls on the train. Destination: comfort stations. Things a soldier can do: mount you before another soldier is done. Say, *Drink this soup made of human blood.* Say, *The Korean race should be erased from this earth.* Tops down. Bottoms up. Things erased: your name, your child, your history. Your new name: Fumiko, Hanako, Yoshiko. Name of the condom: Charge Number One. Name of the needle: Compound 606. Salvarsan means, an arsenic to save. Ratio 291: 29 soldiers per girl. Actual count: lost. Lost: all. Shot, shot, shot, everybody. Give thanks.

Comfort

On Wednesday, I ate plain yogurt.
Opened a notebook. Vivaldi
as I folded my laundry.

It was his birthday. On Wednesday,
it rained. On the succulents,
on the surviving women.

Tricked or taken, carted to Japanese soldiers.
The condom said *Attack Number One.*
Rinsed for reuse. On Wednesday,

I listened to The Four Seasons.
It stopped raining. It never stopped
raining. On Wednesdays, it rains

for the children they bore. For the children
they could not bear. For the children
they were. Give them this day. Give them

Vivaldi, violin, give them the all-girls choir.
L'inverno, come and gone. All four seasons,

come and gone. On Wednesday,

nothing happened. Rain evaporated,
 and so did the concertos.
Wednesdays ago, the women,

the girls, clutched each other. Who will live,
 who will leave, who believes this life.
The world will be better after you and me.

An Ordinary Misfortune

What is pressing. What is pressed. Or who. My grandmother.
A woman. A teen. Her father presses the gates shut.
Presses her into a crate. The crate into a shed. She unfolds
by morning. Binds her chest. She walks unwomanned.
An American soldier sees her and yells *Stop over there!* in
Japanese. The language they've both learned. When she
runs, she is unmistakably woman. She falls. He laughs. What
is a body in a stolen country. Or whose. What is right in
war. What is left in war. War hasn't left Korea. I have. I fold.
I give up, myself, to you. Which one of you said *Let's have
raunchy Korean sex* to me. Which one of you didn't. Do you
represent America to me. Did those soldiers to her. *We didn't
fear war. We feared the allies,* she said.

Hello Miss Pretty Bitch

the street drummer

calls out in Korean

no doubt thinking it

a compliment

a pleasant surprise

cinched with red ribbons

for Christmas the day

select theatres will gift us

with *The Interview*

a comedy in which

two American journalists

ignite Kim Jong-un's face

freedom has prevailed

the film's star Seth Rogen

says about the release

the same was thought

at the time of Korea's release

from the Japanese Empire

though then the Korean War

began and compared to war

what's so bad about a movie

anyway even war can be funny

and now a drummer

in New York says

you got a smile

that could light up

the whole town

though I'm not smiling

thinking about villages

and cities of what became

North Korea set on fire

sending puddles of twilight

into sunless skies

as if flames could stab

but his freedom

of speech prevails

freedom always prevails

which is why we get to see

two Americans

incinerate a Korean face

on Christmas

hold our popcorn

and chocolate bars

and laugh as the dictator

explodes in tune

to a pop song

laugh as American

soldiers would laugh

at Korean children

chanting *hello hello*

gibu me choco-let

with wartime hunger

laugh as they choose

which face

to light up

An Ordinary Misfortune

The trouble with trees is that their bodies and limbs are too capable, capable of burning, of living, capable of leaves, of leaving, charcoal, ash, and we think we have power. *Capable*, 1561, from Late Latin *capabilis* "receptive," Unit 731 of the Japanese Empire injects us with monkey blood, our limbs are not receptive, *Capable*, used by theologians, from Latin *capax* "able to hold much," our living bodies and extracted children, not holding, not *Capable*, *capere* "to take, grasp, lay hold, catch, undertake, be large enough for, comprehend," how to take, how to grasp, comprehend, our limbs catch fire, taken, our bodies not large enough, *Capable*, Sanskrit *kapati* "two handfuls," two handfuls of intestines, are they *Capable*, Greek *kaptein* "to swallow, gulp down," pills, gas, what more, *Capable*, Lettish *kampiu* "seize," our limber bodies, carve our bodies, our eyes unseized by their sockets, *Capable*, limbs, capable of burning, of ash, charcoal, *Capable*, Old Irish *cacht* "servant girl," her fallopian tube, cut, living, not *Capable*, of living, leaving, Welsh *caeth* "captive, slave," *Capable*, our names, *maruta*, from Japanese, "logs."

An Ordinary Misfortune

She is girl. She is gravel. She is grabbed. She is grabbed like handfuls of gravel. Gravel grated by water. Her village is full of gravel fields. It is 1950. She is girl. She is grabbed. She is not my grandmother, though my grandmother is girl. My grandmother's father closes the gates. Against American soldiers, though they jump over stone walls. To a girl who is not my grandmother. The girl is gravel grabbed. Her language is gravel because it means nothing. Hands full of girl. Fields full of gravel. Korea is gravel and graves. Girl is girl and she will never be a grandmother. She will be girl, girl is gravel and history will skip her like stone over water. Oh girl, oh glory. Girl.

The Testimonies

Testimonies

Hwang Keum-ju

a draft notice for girls, who was going to go? Everybody
crying. I dressed nicely and went
 train windows covered with tar paper
None of the girls knew
 Japanese soldiers on horses vast Manchurian field
It was now much too cold to sleep
thanks to our body warmth, the sun rose
 I waited for them to send me to a factory
They could not possibly dump me here
 I was called Nagaki Haruko

My long hair was still braided

An officer told me that there were five orders to obey

 If I missed any I would be less than dead

I hoped one of the orders was for me to work at a factory.

 I looked at his jacket hung inside out to hide his name

I looked at my virgin's braid at his knife He told me

 I was not going to any factory

told me to take off my clothes I told him

I did not understand his order

and his kind of factory and he laughed

 Girls arrived got sick pregnant injected

with so many drugs nameless animals

exploded on top of us

The day of liberation Suddenly,

no sound of horses · the last soldier

stood in the kitchen "Your country is liberated,

 and my country is sitting on a fire."

So I left the barracks

I walked

I was alone and walked all the way to the 38th parallel

American soldiers sprayed me with so much DDT

all the lice fell off me

It was December 2nd

I lost my uterus

I am now 73 years old.

A Cruelty Spedial to Our Species 175

Jin Kyung-paeng

my mother and I were picking cotton
when two Japanese *Kempei* passed by
 she told me to lie flat
But they found me
kicked my mother
 put me aboard a ship then a bigger ship
which arrived near Kinariyama, Taiwan
 a place with many monkeys and snakes
 potatoes, sweet potatoes, taro
50 women were not enough for these soldiers
I remember a few of them Kanemoto Hideo
 He treated us okay also
Oono Nakamura, Yoshida Kanjiro
 Yamaguchi Higashi Inamochi
I stayed with them until
 the end of war One day in August

the soldiers gathered and wept

In March, we sailed to Pusan

An American GI gave me a bag of candy and 1,000 *won*

We bought rice

a good meal

I was *wianbu* between 14 and 19

I became feverish I became infertile

I remember the children of my dead husband

I remember a good meal I am alone

I looked like a stranger at home in Hapchon with my darkened skin

my mother thought she was dreaming

Kang Duk-kyung

my school teacher asked me if I wanted
 to go to Japan do something good for the Emperor
we were led to a harbor
a cargo ship a train
 to a factory in Doyamaki where
Food was so scarce we pulled grass, roots anything we could eat
girls died of hunger some went crazy
I ran away was found by a Japanese soldier
 Kobayashi
 took me
 to a hut Every evening
 soldiers
countless soldiers on the wild mountainside
 Kobayashi
An unusually quiet day
 I found Japan had lost the war

I sailed to Korea
jumped from the crates hit my stomach with fists
I failed I named him Young-ju
 left him at an orphanage
met him every Sunday
 one Sunday
I saw another boy in his clothes
Young-ju had died of pneumonia
 already buried
I thought of Kobayashi bringing me rice I thought of the piece of steel
in his drunken stupor
I took at the factory
I found some of the steel so attractive
I still believe he is alive
somewhere I want to believe
that all was just a terrible fate
But then,
 But then

Kim Sang-hi

I was 14 years old It was around November 26th

It snowed, I remember. I was on my way home

from the photo-studio with my portrait when a man in olive-drab clothing

grabbed me by the collar cursed in Japanese was he Japanese

or Korean I could not tell

I was thrown onto a truck of mournful sounds of weeping

these girls and I crossed the border into China

there was no poison no ropes

In Suzhou I was #4 I was Takeda Sanai

The first night an officer grabbed me

I drank disinfectant

but I didn't die

In Nanjing I had malaria

appendicitis hemorrhage in my vagina

but I didn't die

In Singapore I saw dark-skinned men digging ditches

they looked at us as if they would burst into tears

In Singapore the war ended

we boiled leaves from trees and wild greens

we ate this to survive

When I made it back to Pusan Harbor

I went to my brother's house in Taegu

in his dream: I had shaved my head was drowning in the ocean

but I didn't die

My name is Kim Sang-hi

I was born on December 20, 1920

I was born into a good family

I am a Catholic

I should forget and forgive but I cannot

When my head turns toward Japan I curse her

I want to find solace but I cannot

When I wake up every morning I cannot

Kim Yoon-shim

An automobile drove up the road, something I had never seen
before. The driver let me climb up and the truck rolled on
 then kept on going
 and going and I begged them
to take me back but I was thrown
 into a cargo train a cargo ship Harbin
 a comfort station where three truckloads
of soldiers arrived One by one they raped all
night long with filthy wordless bodies
 my child's body
they impregnated girls and still forced sex
When a child was born
 a blue-uniformed woman put the body
 in a sack and carried it away
soldiers used the "sack": *saku*
 reused condoms girls got sick

When a girl got too sick

a guard wrapped her body

in a blanket and carried her away

Such was our life

look at my fingers

when I ran away the police smashed my hands

weaving a stiff pen between my fingers

like this.

Another year passed

like this.

In June 1945

when the camp seemed deserted

I escaped and ran all night

in a month I reached Korean shores

In Harbin, I saw at a stream a hand

of a sick girl

who had been buried alive.

In my dreams, she is still reaching

toward wider waters
with their crooked fingers

my hands
cannot help her

Pak Kyung-soon

There was a man about 45 years of age with a mustache
 who told me to work for Japan
 and meet my brother in Hiroshima
The man said my refusal might not be good for my parents I was told
 The man and his men took me to Shimonoseki
I was led into a room I was told to take a bath I was told
 to take off my clothes
I only begged that I meet my brother
 When they finally took me to Hiroshima, my brother was alone
 in a big, empty room he asked if I came
 as a "comfort woman" and I promised
 I would return
 to see him again
When flower buds were about to appear
I was taken to Osaka In its room
 I was Number 10 I was then

a "comfort woman"

 I became so sick with syphilis I could not walk

One night an officer came and told me to get ready

I was in such great pain the next thing I remember

 is arriving in Seoul It was June 1945

 Immediately I had a miscarriage

The mustached man learned of my return

 told me to return to the "comfort station"

 To avoid the draft again I got married

our new life a rented room

 I could smell the odor of my weekly "#606"

 arsenic for syphilis

My baby discharged pus from his ears

 was called crazy

My brother returned home with burns and lumps

 all over his body from radiation

 discharged disintegrated bone

 the size of teeth near his wounds

The Japanese soldiers

discharge out of room

every

discharged

charge into

Kim Soon-duk

there was "girl delivery" just like
 farmers' mandatory delivery
 of harvested rice
to the government. I wanted to hide
 but what if my mother was captured
 in my place
My mother was needed at home Mother
Mother I decided to go
 they promised a job as a military nurse in Japan
Mother a man gathered us near the county office
 and took us to Pusan to Nagasaki
That night the girl next to me went missing
Each night they sent several virgin girls to military officers
 a military officer came to me and said
 every young girl experiences sex in her lifetime
 that I might as well do it now

they took us they took us to Shanghai to a ruined village
 my body a ruined village a damaged house
our manager gave me packets of black powder
 to reduce my bleeding from the vagina
He then told me it was made
 from a leg
 of a Chinese soldier's corpse
 I dream of human legs rolling around I dream it
 to this day
I scream to wake myself up Mother Izumi
 he was kind to me I told him about my thoughts of suicide
He was surprised so surprised
 he sent me home sent me letters
 I did not reply. I had my new life to live:
as a washerwoman, a street peddler and I did other things too
 but Mother the hardest time was when I was dreaming
 of suicide
 while soldiers were standing in line to satisfy their lust

in the ruined village
when I was dreaming of legs that could not go anywhere.

.

The Confessions

An Ordinary Misfortune

Hunting ground with knife-ghosts. Clubbed raw. My body, ground down. You'd think a former comfort woman would hate the Japanese. I don't. I hate men and I hate sex. I hate the sight of my son-in-law, who lives in this house. I've been living a robbed house. My room became unfit for children. How could I put a child in a haunted place. Nothing can grow in this blubber and blood. My husband found lovers somewhere else. I found my daughters somewhere else. I love them with the longing of a house no one occupies. They sometimes put their hands on its creaking walls and say, *What's wrong? What's wrong?* Every door is closed. 70 years and no one knows. No one who knows my past is alive. Girls at the comfort stations, we were all children then.

Fetish

Let me tell a Korean joke.
A woman puts on her white clothes for mourning
and goes to a wake. She wails for hours, then asks,
So who died? I think about this woman

and her performance of grief. The essential grief.
Colonial-era Japanese historians were sure
the white pottery and clothes of Korea show perpetual
sorrow. Poverty of color, incapacity for pleasure—

countless foreign invasions turned the people blank
and hollow, cursed to eternal mourning.
Those historians spoke pity for the peninsularians
and their endearing purity of a spotless vase.

But perhaps that joke is funny because the woman
feels no grief. Perhaps she is a moirologist, which means
professional mourner, but sounds more like some kind of
scientist. Perhaps she is both, her research field, sorrow.

Royal Azalea

My friend. You can't tell me apart
from my sister, my cousin. My friend.
You want to pluck away
at my gut. Digest my origins, crush me
with your teeth.
There are mountains of me.
Fluorescent, inflorescent.
Infrared: mountains of us.
Find me with azalea. Confuse me
with azalea.
Find constellations where I open.
Royal flush
of my skin: you've found
my nectar guide.
Touch me underneath
my regalia, I'm viscid.
Taste me, I'm sweet. You won't even know
the toxin on your tongue,
in your gut now

Don't Touch Me

MacKinlay Kantor's 1951 novel is *savagely outspoken!* Air Force
men in Japan and wives of men transferred to the front.
Wives are greedy. Hungry for men. Sing-song girls perch in
the exotic gardens of Kumbawa, the exotic
backwash of the Korean War.

*

Konnichiwa, a street vendor tries me in a sing-song voice.
What, no *ni hao* this time? I would have said, if I were more
outspoken. I could be Japanese. An
exotic backwash.

*

MacKinlay, lend me your words: I could be a garden.
Awaiting the Male. To whom the Male came seldom. Who
sings with a thin voice, bits of lace that flash beneath the
hems, wonderful female things. To whom the Male
is the carrier-arounder, the thrower-arounder. Who is the
receptacle. That goes back to the caves. Maybe past. Oh,
I would smell of Asia. A GeishaSchmeisha. I might be
horizontal. Little things, pretty things, the gilt
shelves of rare teacups, the inlaid coffee table with its

carvings. A fresh new spice to taste. Touch and taste. Fruit
and flowers. Spice and incense. Cloudy
breath amid my draperies, emanating from my strange other-
worldly body. I could be this. Greedy and hungry for men.
Singing songs of my conquerors.
Savage.

*

"Kumbawa," "syanata"? Mac, they're not even said right.
Konnichiwa, on the other hand, is.
"Ah so desska,"you say.

*

Man, you want to explore sex as practiced among the
Japanese. I would smell of Asia. Spice and incense. You think,
I should know the silky menace of your
touch, the violence of your gasping effort, the shudder of fulfillment,
the invocation growled in your throat when explosion wracks you.
Without that, I am incomplete. You think that without you,
I'd be incomplete. Conqueror.
Carrier-arounder. Thrower-arounder.

*

Tell it to him straight, Mac: mingling your body with that of
a *Japanese woman*, flesh against flesh, fluid touching fluid,
you violate yourself. This race! Raw fish, polluted pickles.
Toilers, gesticulating shopkeepers, pitiful
elders, men and women knobbed and bony.
Skimpy hair twisted to a horror. I would smell of Asia. Man,
my race oozes from bamboo and other
thatching. Goes back to the cave.

*

A man brings the needle to the thread, a woman brings the
thread to the needle. Maybe there's something phallic about
that. Okay, Mac. If I were an exotic garden of needles,
I'd let you touch me.

*

I'm being as honest as a woman can.

Bell Theory

When I was laughed at for my clumsy English, I touched my
throat.
Which said *ear* when my ear said *year* and year after year
I pronounced a new thing wrong and other throats laughed.
Elevator. Library. Vibrating bells in their mouths.

How to say *azalea.* How to say *forsythia.*
Say instead golden bells. Say *I'm in ESL.* In French class
a boy whose last name is Kring called me *belle.*
Called me by my Korean name, pronouncing it wrong.
Called it loudly, called attention to my alien.

(I touched the globe moving in my throat, a hemisphere sinking.)

Called me across the field lined with golden bells.
I wanted to run and be loved at the same time. By Kring.
As in ring of people. *Where are you going? We're laughing* with
you.

The bell in our throat that rings with laughter is called uvula.
From *uva*: grape.
A theory: special to our species, this grape-bell has to do with

speech.

Which separates us from animals. Kring looked at me and said

Just curious, do you eat dogs? and I wanted to end my small life.
Be reborn a golden retriever of North America.
Lie on a field lined with golden bells, loved.

Today, in a country where dogs are more cherished
than a foreign child, an Oregon Senate candidate says no
to refugees. Says, years ago, Vietnamese refugees ate dogs,
harvested other people's pets. *Harvest* as in *harvest* grapes.

Harvest as in *harvest* a field of golden rice. As do people
from rice countries. As in people-eat-dog worlds.

Years ago, 1923 Japan, the phrase *jūgoen gojissen* is used
to set apart Koreans: say 15 *yen* 50 *sen*. The colonized who use
the chaos
of the Kanto Earthquake to poison waters, set fire: a cruelty
special to our species.
A cruelty special to our species—how to say *jūgo*, how to say
gojit,

how *jūgo* sounds like die in Korean, how *gojit* sounds like lie—
lie, lie, library, azalea, library.

I'm going to the library, I lied, years ago, on a field lined with
forsythia.

American Dream

The alcove of your arm
has become my favorite room
for sleep, but I've been roused
by nightmares lately. *Even thunderstorms*
couldn't wake you, my mother says
over the phone. I want to tell her
I've been seeing a white man, an American
man, but I can already imagine her:
Well, you can have friends. She had never meant
for me to become a Westerner—
she's afraid of losing me to a *foreigner,* being unable to speak
to her future grandchildren. Thousands of miles away
in Korea she asks if anything is wrong. I want to laugh.
Say to you, *Isn't she ridiculous?* But
last night a Korean man broke into your room
and raped me, with you calm in your repose
next to me. He sat on my stomach with a knife,
the only gleaming thing. And you were still
in your platinum skin when I opened my eyes. *How*
can anything be wrong, I comfort my mother.

Hair

My mother would straighten then wind the cord
of the hair dryer around its oblong trunk,
its mouth curving out to a flat triangle like a delta,
after it has done its duty of releasing streams of strong air
for our heads, then said, *See? We have to keep neat*
everywhere. At the age of six, when I started drying
my own hair, the dryer was heavy and unwieldy in my hands,
so often my head was patches of dry and wet,
but I would wrap the dryer with its cord carefully and
with precision, unlooping any bump to coil again,
admiring how the tight spiral with its consistent shine looked
indeed like perfect wet hair. It wasn't until my early twenties
my hair started to curl on its own, and my mother said,
My world! Your hair is turning into your father's! How peculiar is it
that when I wanted wavy hair as an adolescent, to be more
like the white girls I cherished, my hair was obstinately
perpendicular
to the earth. How peculiar is it that these girls
would stroke my long dark hair and told it how so smooth &
lovely it is. Fetishization I welcomed for long.
Summer days and the popular girl saying *I would kill*
for your skin tone, my mother's friends whispering to her,

Why did Jungmin tan so much, like I have a reason
for being a color at some place and at some time
and there is a straight line between bad and goodness
on which I lay my unbeautiful body precariously.
Autumn morning. Leaves begin to split and crimp in the cold,
& holding the dryer, I still do this slow meandering

Obeli

How fitting the obelus
dotted the margins of ancient manuscripts,
marking spurious passages, then became the symbol
for division, one line balancing a circle above
and a circle beneath, two heads never to touch
each other. How our peninsula became one
obelus. How swift the sunderance
of families. How fitting that division
is military. In elementary school, we learned
division, its quotient and remainder, sang
about reunification, brought bags of rice
for our northern half, not knowing
the spurious passages they would travel,
that the white grains never touched the hands
we held in our paintings. How enduring the sunderance
of lovers. How the obelus gets its name from a spit,
a lance, how in college my Korean boyfriend registered
to fulfill the compulsory military service, how
his American friends joked about killing all the North
Koreans, beheading them, how when he laughed,
it was as though his shaved head was of
somebody else. How I thought about reunification again,

wanted the armistice to be over, to be brought
to swift justice for my sake.

My Grandmother Reminisces
with Peaches

Peaches you eat at night.
In the dark you can't see the insect bites.
How do they find the sweetest fruit?

Your grandfather would find it—the one
unblemished peach in someone's orchard—
and cool it in the stream for me.
I married him that year.

He wasn't a romantic, you know.
But he always left a basket of peaches
at my feet in the summer.
I carved pieces of that viscous fruit
and placed them on the parted lips
of my sleeping children. And they rose
chewing on the pulp.

Look at how my garden balsam has bloomed.
Dye your fingers with its petals—see if it lasts till first snow.
Snow, what precious flower in this region.
With my ear resting on his chest, I could imagine its blossom.

My cheek dreamt well on his heart.

An Ordinary Misfortune

There was a man. A Japanese soldier. One that did not believe in old superstitions. One that did not believe in sex before battle as charm against harm. He was an odd man. One that did not carry an amulet with pubic hair of a comfort woman. Or any piece of her. His comrades said, *Be a man.* The equation is, an odd man out is not a man. There is no reason for logic in war. There is no reason. There was a man. His comrades said, *Come raid, come pillage.* Pushed him into the station. Their eyes on the holes in the wall. Watched as he came. Became. What is the equation here. There is a no equation here. There was a man. One who said weeping, *I am not a man, I am not a man.*

Autopsy

Your fingers crowned with meat hooks and cleavers.
You holding me and whispering, *Who did this to you?*
sawing me into a shallow boat.
You did, you did, you did, and you, and you, and you,
you did this to me in my home, you did this while crying.
I cannot make a sound as though my mouth is full
of honey. Of a colony of bees. Honey, honey.
You lift my skin. Inside it lives your dream of forests
where snow grows old and you are young,
cold and white and lonely
without my suffering, and you want to say, *Not me,*
not me, I wouldn't hurt a bee,
but honey. Inside my blood and bone
and their network of tendon and meat we have,
you and I, our histories of hunting
and being the beast. If not,
what are we doing here, my dead body
and you, assessing my death,
looking at your hands like a fool,
like a child who finds that a dandelion will die
only after he has plucked it?

The After

An Ordinary Misfortune

Okamoto condoms are number one in Korea. The 001 series.
The 002, 003. The thinnest. The pinnacle of condom
technology. The pinnacle of pleasure. A wonder. No wonder.
Who wouldn't want that. On Okamoto's website: SKINLESS
SKIN: a popular condom since postwar (which war?). No
mention of Totsugeki Ichiban: meaning: Charge Number
One, Assault Number One, Attack Number One, Attack
Champion, Attack and Blast, choose your own definition.
Who wore it? Who wore it best? In comfort stations, there
weren't enough Number Ones. Attack and Blast, rinse, attack
and blast, repeat. The girls' skinless skin. Blasted, postwar
(which war?): *gyokusai*: meaning: "shattered jade": better a
broken jewel than an unbroken tile: honorable death: erase
any evidence: the girls' skinless skin. Blast more holes into
their bodies. 000.

An Ordinary Misfortune

She offered him head because he wanted her whole. *You could at least blow me,* he offered. She didn't want to offend. He was taking his pants off. *Are we on?* he said. She was in love. She said *I'm in.* When she couldn't finish him off, he was put off. She should've put out. Because *Look what you did,* he said. *Look what you did. That wasn't even worth it.* He felt blue. She felt bad. She sucked. She blew it. She remembered Googling *putting out* and finding: *Chris lost interest in Ashley because she wasn't putting out. Joe dumped his girlfriend because she won't "put out" for him. If a gal doesn't "put out" by the third date, I dump her.* Something was off. *Guys are like that, though, guys need it more,* she had been offered. It's her fault if she turns him on, doesn't get him off. If he wanted her whole. If he left. *Whore. Girls always use sex to get what they want,* someone had cracked. The teacher was showing versions of *Judith with the Head of Holofernes.* Klimt. Caravaggio. Gentileschi. Allori. She remembered Allori. Judith looking out at her. Holding the head by the hair. As if to offer. To allure.

Fear

I wanted to carve it out of me—
become a fjord flanked
by historic cliffs. How else
could I write the years
I did not live. I wanted the space
for fear emptied, teem with lives
like the black-and-white photos
of Max Desfor's.
I don't know what I expected to feel
in front of his Korean War photograph.
The image that won him the Pulitzer
held refugees crawling a wrecked bridge,
but this wasn't it—
it was a pair of hands,
blackened fingers sprouting out of snow
with a hole above them.
Desfor says, in a screen behind me,
"The man's hands were bound and that black hole
was where he breathed his last."
That black hole, that sphere
of fingers. That oceanic arm, that fjord
of mine. Holding what I had believed

to be void. Voice,
a fearful current. Underneath,
bodies of light,
of water.

Let Us Part Like This

On winter nights Koreans heard infant cries
from distant wood owls. An abandoned newborn
amidst black trees, unaware
that it may be a bird. Allow us
to be like that. Let us speak these words louder
than pines cracking in the snow. Walk far from us.
Mistake us for howling animals.
That's ten of them, that's a hundred of them that we left
behind. Maybe hundreds, maybe thousands.

News

For the victims of the MV Sewol disaster of April 16, 2014

There's an article on how to eat an apple.
But I am eating a pear and thinking
pear in Korean is a homonym for *ship* or boat
and *stomach*, how MV Sewol sank, how *sewol*
means *beyond the world* and homonymous with
the *passing time or life*. It carried mostly young students
on a school trip, told to wait in the stomach of Sewol while
the captain and crew fled. Divers pull bodies, find a boy and a girl
strapped together by life vests. Koreans wear yellow ribbons, unbury

the young dead from the salts of too-quick passing life. A letter pasted on a bottle atop the walls of their high school reads: *I have loved you for a year. Sewol,* how did I love at seventeen? Lull the clot in my stomach? Watered with tears, the pit grew vines around my veins, and I coughed petals. I surrendered and cried, I love, I love, I love! and lived. I am sick of the smiling slices of pear. The right way to eat an apple is: top to bottom, swallow everything. Waste nothing except seeds. A homonym for *apple is apology.* I am sorry, I say to the pear's core, to the seeds in the sunken belly.

An Ordinary Misfortune

News reports that in the Philippines, more Koreans than locals are killed. *Because of the gangs. Because Filipinos think Koreans are rich. Because Filipino laborers return from Korea with a bad taste in their mouths.* More "Korean Desks" in the police *for the safety of our people.* In other news, Korea leads in: tourists, businessmen, students looking for a guiltless fuck, guiltless departure, saying, *These Filipinas, these children can't find me.* Nothing but a bad taste in their mouths. Nothing but an emptied desk. In other news, two boys file a suit against their Korean father. Say, *Were you not in the Philippines with us for 7 years?* Say, *Won't you take a DNA test?* Do the same men read about comfort women and rage with all of us, keep bibles in their desks and preach, *Violence begets violence?* Curse aloud, *Damn Filipinos taking Korean lives?* The boys win the suit. Their father says, *This will break up my family.*

Notes

*Japan and S. Korea have an agreement
on the "Comfort Women" issue,
December 28, 2015*

Pictures of two men shaking hands: Foreign Minister Kishida
and Foreign Minister Yun.

The "Government of Japan confirms that this issue is
resolved finally and irreversibly with this announcement."

(1 billion yen = $8.3 million US)

"The Government of the Republic of Korea acknowledges
the fact that the Government of Japan is concerned about
the [Comfort Woman] statue built in front of the Embassy of
Japan in Seoul from the viewpoint of preventing any
disturbance of the peace of the mission or impairment of its
dignity."

Statue: Bronze. Hair ripped short. Short. Empty chair to her
right (to remember the others). Small (is only a girl). Small feet on

small toes (unable to tread with ease). *How can we sleep with feet stretched when . . .* (common Korean expression)

–also where former comfort women and citizens have gathered every Wednesday for the last 24 years (demanding peace, dignity) (yellow butterfly badges)

Video of Yi Yongsu, to junior foreign minister Im: Why are you trying to kill us twice? Did you exclude us because we're uneducated, too old? Because you think I don't know anything?

Will you live this life for me?

Wall Street Journal posts translated agreement. One person comments.
*S. Korea must realize that the offensive statues of the comfort woman have been and will be the symbol of S. Korean perjury and calumny. Comfort women dedicated to raise soldiers' morale and spirits, and to prevent rape crimes in countries.**

*(Rape to prevent rape, prevent disturbance of peace, impairment of

dignity)

We used to believe butterflies pulled spring over the earth.
How many springs now. Ask the deranged butterfly to
dance—it will not.

(Average age of the surviving women: 90)

On the Day of the Gyeongju Earthquake,
September 12, 2016

All I want to think about is love and gratitude,
on the escalator in Busan Station, having put you on the train
back to Seoul, avoiding the eyes of the doomsayer on the
staircase
next to my descending steps, as he screams death upon those
who don't accept God. The end is coming, so come to church.
Or the earth will split open to swallow you and you won't
be saved. He spits a different miracle on each face. God slits
the sea down the woman behind me. Flame bursts into the
world
and water fills it, then overflows. It is not that I don't fear
water
and fire. It is not that I don't believe in God. We already kill
and die with water and fire. An ocean away the police will
shoot
Terence Crutcher then Keith Lamont Scott and it will not be
the end
and here Baek Nam-gi will die from a water cannon and none
of this
was for not believing in the right power, which is God.
The doomsayer says we must surrender and he is sure of this.
Across the station, windows of love motels light up then dim

as lovers enter the room, empty for, empty into each other.
The end of summer is coming. I have now walked far away
from the man. It is not that I don't believe in God. For once
all I want is
to think about love and gratitude, thank God for all our lives.
When the earth begins to tremble, I look back to the station
already emptied of your train. No one will die from this,
not today, not today, but people embrace, touch each other by
the wrist
by instinct. The man stands alone, like me, his arms lifted,
perhaps in surrender, perhaps in gratitude.

Between Autumn Equinox
and Winter Solstice, Today

I read a Korean poem
with the line "Today you are the youngest
you will ever be." Today I am the oldest
I have been. Today we drink
buckwheat tea. Today I have heat
in my apartment. Today I think
about the word *chada* in Korean.
It means *cold*. It means to be *filled with*.
It means to *kick*. *To wear*. Today we're worn.
Today you wear the cold. Your chilled skin.
My heart kicks on my skin. Someone said
winter has broken his windows. The heat inside
and the cold outside sent lightning across glass.
Today my heart wears you like curtains. Today
it fills with you. The window in my room
is full of leaves ready to fall. *Chada*, you say. *It's tea.*
We drink. It is cold outside.

Sometimes when I'm walking
on this street

I want to lie down on that patch of dirt and grass.
I'm tired and lonely. On the bus the other day
we passed by an albino tree. You were next to me
and said we need to go back there and look at it,
then flew out the next day. Does white seem cold
or hot to you. We can pretend the tree was full
of ember. On this street are yellow leaves, cool
and aloof. This morning I woke up shivering.
I'd like to tell you of the dream I had, how
I was on a bus to Anmyeondo. I was alone
but you were next to me when we got to the sea.
I'd like to tell you that we found our way
to the island. But I've forgotten everything else.

Foreigner

you said you counted the ladybugs on our way home;
that you counted exactly twenty; you lifted one off your shirt
and it flew into sparsely leaved branches; you ask me to
pronounce
Korean words; *say winter again; say autumn; kyŏul; kaŭl;*
say I sometimes think of you; say it is just so;
you repeat each like a tender bird; ladybugs hibernate in
warm houses;
did you know that they're called Asian lady beetles too;
are they transplants like us; ladybugs are only pests by their
presence;
I wouldn't harm you either; not even your belongings; next
to you
my small mind shivers like some forty wings.

Easily written poem

From the floor of my room in a foreign land. Morning
breaks open
with newspapers, each one with terrible promises
of deportation and imprisonment and murder of my friend,
a poet,
then another, until they are all gone.
I ran out into the streets though it was not enough.
I screamed out in horror though it was not enough. The sun
began
to sink faster, pouring dark over our hair, and I was scared.
Still I was selfish—
I found blessed time to write a line lush with songbirds,
meteors, and bees,
tuck my notebook under my arm and saunter here, and
there, and here.
Meanwhile bombs, drones, and other winged creatures
vanished from our sight
and into the living, where we won't find them.
We continue to hum and eat because we can. We sigh and

we write

and we read things like this: *a harmless male bee without stingers is called*

a drone; it cannot sting to save its own life.

I lie down. This is the floor. In a foreign land.

This is the vanishing line. This country, here, there, here.

Silly girl. Silly, silly girl for thinking that writing line

after line of beastly beatitudes will help her. How silly,

how silly, silly, silly, silly.

Say Grace

In my country our shamans were women
and our gods multiple until white people brought
an ecstasy of rosaries and our cities today
glow with crosses like graveyards. As a child
in Sunday school I was told I'd go to hell
if I didn't believe in God. Our teacher was a woman
whose daughters wanted to be nuns and I asked,
What about babies and what about Buddha, and she said
They're in hell too and so I memorized prayers
and recited them in front of women
I did not believe in. *Deliver us from evil.*
O sweet virgin Mary, Amen. O sweet. O sweet.
In this country, which calls itself Christian,
what is sweeter than hearing *Have mercy*
on us. From those who serve different gods. O
clement, O loving, O God, O God, amidst ruins,
amidst waters, fleeing, fleeing. *Deliver us from evil.*
O sweet, O sweet. In this country,
point at the moon, at the stars, point at the way the lake lies,
with a hand full of feathers,
and they will look at the feathers. And kill you for it.
If a word for religion they don't believe in is magic,

so be it, let us have magic. Let us have
our own mothers and scarves, our spirits,
our shamans and our sacred books. Let us keep
our stars to ourselves and we shall pray
to no one. Let us eat
what makes us holy.

To the Winter Apricot Blossom

Did I trick you,
with the glow from my window,
the warmth of my skin?

It started with a lone flower,
ember-like in the lifting dusk,
burgeoning on the branch

nosing into my room.
At night the floret shadow dropped
onto my page, my arm, my poem.

In the snow you were heavy
with a hundred bulbs
to light the winter into spring.

A cold misty morning.
You alone illuminate the sky,
small lanterns, red, bursting lobes.

The Transformation

In early 2016, 13 sperm whales beached themselves
on Germany's North Coast, their stomachs full of plastic litter.

I was once naive enough to be a woman. I once had a car

silver and new, and drove it over paved roads trilling with rain.

I took it to a pebbled beach lean with ebbing tide, pools of fish

here and there. I could see them, small and lustrous. In deeper

waters

were hairtail, and cuttlefish. Hairtail were called knife fish

in my language. If you're shipwrecked, some say,

knife fish are the first to wrap around you

and pick you clean. Silver ribbons sweet

with human meat. But I was no fool. I shed my coat,

my cardigan, my scarf, my hair, and other things of lean beauty.

Rain made my skin stick. I was sickened to my stomach

with the affairs of human concern. Guns and stupidity, mostly:

it was ignorance that hurt us best. Loathing, too, but it is son

to ignorance, a sleek cage. People who love the cage felt snug

and protected. They wheeled it over others, crushing them,

surprising them. I lay in the eerie water. It streamed over me

and other live things, changing us, scale

by scale, strand by strand. It wasn't fair that fish could see color,

and whales could not, but I was okay: I loved my new body.

I don't know what kind of whale I was. In the ocean

there were no mirrors. Pieces of glass and other gleaming debris,

I ate. Hairtail stood like hair and stared at me with their dumb

eyes.

A diver once came down to photograph my eyes, then left

without showing me

my likeness. I swallowed squid, and their beaks clattered

against the plastic in my stomach. Once I was naive enough to think

to starve with a full stomach meant filling yourself with water.

I then knew that it meant filling my new silver belly with a

thousand pieces

of manmade waste. I ate parts from cars just like mine. I ate

bags

clear and cloudy, they were blurs to me. Human affairs. How

unusual,

how fantastic it feels to be here again, air again, the tide

ebbing,

gray sand drying on me—to see a bird fly again, its wing like

the belly

of an insect-creature I once saw on the ocean floor,

striped and dead. Look: such slender beauty of things.

Shadows, leaves, rows of clouds pushed

by some animal wind.

Dream Devil

A devil must occupy my dream,
for who else would design
my nightmares, though
they are not truly mine—
I cannot control their cities
nor their rivers full
of bodies.
I clutch your hair
like a drowning person reaching
for floating straw. Maybe it's you—
you keep me from rest. When I speak
Korean with my mother on the phone
my native tongue is a code.
You, a secret.
Still, you form your body
around me, so close that
my dream occupies your dream.
I navigate your sleep,
what you contain is mine—
your sick cats I resurrect
as black lions. Your tormentors:
underwater. I summon bodies, and bodies

of water, and you walk around them
in circles. Like this, we grow old together
without you seeing me.
But morning comes as suddenly
and surely as any morning. You are here,
beside me, fifty years younger—
dear God, I have missed you.
I wait for you to wake.

Time, in Whales

Our legs of yellow skin next to one another,
calves spread, I think of beached whales, the arcs of their bellies,
clean and gleaming. A whale would lie in the shape

of something cold, the body sipping on itself
like a drain. Gravity sucks a whole whale onto sand.
You study Korean, whispering, *murorūda, murorūda,*

meaning, literally, *water rises,* but really meaning, *to improve*
or *to rise in sap,* in springtime trees. Come spring, it will be your
birthday.
We will have seaweed soup, supply our blood with oxygen.

Do you know that Koreans do that, because hundreds of years
past,
they saw whales eating seaweed after giving birth?
You cross your legs, their hair black and coarse like my father's

and my grandfather's across the ocean. And do you know that
whales have hair?
Perhaps a sign of their past when they walked the earth?
Summer of years past: your father across the same ocean to

bring you

to America, where you would grow up speaking a language
different from mine. Do you know that whales, too, detect
where one another comes from
through song? That music I hear is yours and ours. *Murorŭda.*

Murorŭda. Water rises. Whales die in this year's hot winter.
Your father has told you of the summer, the dank heat.
Your foster mother ran after you, you already asleep in your
father's arms,

wailing your name. You will not be called by that name the
next day
and years will pass by. But when you're ten, you will write
about that story
and spell *wail* as the animal, whose breath is a distance,
spouting steam,

the great animal that becomes crushed by air and sprayed
with words
Man's Fault. And yes, so perhaps the world will end in water,

taking with it
all loving things. And yes, in grace. Only song, only buoyancy.
You rise now

whispering *murollida, murollida*. Meaning, literally, to *raise water*,
but really meaning *to bring water to a boil.*

알라딘 북펀드에 참여해주신 분들

CHO DANIEL HYUN SIK			박은주	오세정	이정란	정재윤
Evan Yoonjong Kim			박주만	오윤주	이정아	정지은
HANCAROLKYUL			박지민	오지성	이주선	정향진
Hyungshin Kim			박지은	오혜원	이지민	조경란
LEE SO YOUNG			박혜리	우은주	이현주	조나영
PARK MOONJU			방윤선	원호정	인 수	조은숙
YOON SUSAN KYUNGMIN			배병근	윤미혜	임동경	조은아
강미영	김민희	남궁미희	배성진	윤장미	임수현	주서영
강현우	김성원	남성진	변정현	윤철현	임순희	차두한
고혜빈	김영선	남수우	서경희	윤한려	장민광	최경진
공석인	김영진	노대원	서다은	윤현옥	장소리	최솔비
공석현	김일영	노슬아	성미경	이꽃씨	장유정	최양우
곽지수	김재연	류 진	손수인	이동걸	장자은	최윤정
권예리	김정윤	문영아	신인아	이상돈	장혜령	최은혜
권혁진	김지하	문혜진	신한례	이상효	전은경	최재원
길정규	김지현	민혜원	신현경	이선빈	정관희	최종하
김경은	김찬호	박동민	심성훈	이세연	정남두	최지연
김나형	김태용	박선영	심재수	이승연	정 숙	최해은
김동옥	김혜수	박소정	안혜림	이아름	정 순	허하리
김미향	김혜진	박송이	양동혁	이유진	정영범	홍희정
김민경	김희정	박옥희	양미래	이인영	정예진	황선희

(외 38명)

우리 종족의 특별한 잔인함

초판 1쇄 인쇄 2020년 8월 10일
초판 1쇄 발행 2020년 8월 14일

지은이 에밀리 정민 윤
옮긴이 한유주
펴낸이 정중모
펴낸곳 도서출판 열림원

출판등록 1980년 5월 19일 (제406-2000-000204호)

주소 경기도 파주시 회동길 152 전화 031-955-0700
홈페이지 www.yolimwon.com 팩스 031-955-0661
이메일 editor@yolimwon.com 페이스북 /yolimwon
트위터 @yolimwon 인스타그램 @yolimwon

편집 김종숙 정지은 황우정 디자인 강희철
홍보 마케팅 김선규 윤소정 제작 관리 윤준수 이원희 원보람

ISBN 979-11-7040-029-5 03810